바다의 얼굴
사랑의 얼굴

바다의 얼굴
사랑의 얼굴

김안

없던 일이 될 수 있는 것은
아무것도 없다.

0

누군가 내게 창 너머 바다를 보며 "참 아름답지요?"라고 물어오면, 나는 이내 잊고 싶은 기억이 떠올라 울상이 되고 만다. 누군가 내게 사랑에 관해 물어온다 해도 나는 역시 같은 표정일 것이다.

1

지금 걷고 있는 이 바닷가 길은 유년 시절의 내가 하루에 두 번씩 어김없이 걸었던 길이다. 학교와 마을을 잇는 유일한 길. 당시엔 끝도 없이 이어지는 길이라 생각했지만, 지금 걸음으로는 십 분이 채 걸리지 않을 것 같다.

이 길의 한쪽 면은 큰 바다와 접해 있고, 반대쪽에는 울창한 상록수림이 있다. 바다와 접한 면은 현재 간척 공사가 진행중이라 몇 달 뒤에는 지금보다 조금 더 넓어진 육지에 마을 공영 주차장과 요트 선착장을 볼 수 있을 것이라고 한다. 바다는 흙으로 메워진 꼭 그 크기만큼, 사라지게 될 것이다.

바다의 색은 계절마다 다르고 날씨에 따라 달라진다고 하지만 결국 그것을 바라보는 사람의 마음에 따라 달라지는 것이 아닐까? 오늘 오후 미조리 바다는 짙은 가지색에 가깝다. 짙은 가지색 바다 위엔 배가 몇 척 떠다니다 어디론가 사라졌다. 등대가 있는 방파제는 수평선과 평행하게 뻗어 있고, 모로 누운 사람 같은 산 아래로 작은 주택들이 상자처럼 모여 있다. 바로 저곳이 내가 유년기를 보냈던 경상남도 남해군 미조리의 작은 마을이다. 사항마을. 한자로 모래 사沙와 목덜미 항項을 쓴다. 원래 이곳은 해수가 상통하는 바다였으나 차츰 모래가 쌓여 바닷물이 끊기면서 마을을 이루게 되었다고 한다.

바다 맞은편 상록수림은 여전히 거대한 그늘을 만들어내고 있다. 한여름에도 이 상록수림 안에서는 겨울의 문 앞에 서 있는 기분이 들곤 했다. 상록수림 입구에 서서 그 앞에 세워진 팻말을 천천히 읽어본다. 마을을 보호하기 위한 방풍림으로 조성되었다는 미조리 상록수림. 이 숲이 울창해지면 마을에서 훌륭한 인재가 난다는 전설과 함께 말채나무, 이팝나무, 후박나무, 육박나무, 사스레피나무 같은 낯선 단어들이 이어졌다. 아직도 처음 보는 단어들이 있다는 사실에 당혹스럽다. 예전에도 팻말은 이곳에 있었던 걸까? 틀림없이 이 자리에 있었다고 하더라도 그땐 이것을 자세히 읽어볼 새가 없었을 것이다. 이곳은 한낮에도 높이 솟은 나무들이 어두운 그림자를 만들고, 겨울에도 파란 잎들이 바람에 몸을 떨며 웃던 이상한 공간이었다. 어린 나는 이곳을 지날 때마다 괜스레 으슬으슬 발이 시려와 늘 종종걸음을 하곤 했다.

상록수림이 끝나는 곳에서부터 본격적으로 마을 상가가 시작된다. 현재는 양쪽으로 이어진 스무 개도 되지 않을 상점이 전부지만 이십 년 전의 이 길은 마을 사람들로 항상 붐볐다. 현재 상점의 대부분은 관광객을 상대로 하는 횟집과 낚시점이라 지금 같은 겨울에는 상가 전체가 겨울잠에 빠진 듯 고요하다. 예전에는 업종도 다양했고 동네 주민을 대상으로만 해도 먹고사는 데 지장이 없었다. 아이들을 위한 문방구와 오락실, 엄마들을 위한 양품점과 식료품 가게, 뱃사람들을 위한 당구장과 실비주점 같은 것들이 있었고, 특히 상록수림이 끝나는 지점부터는 작은 창문이 달린 방석집이 연달아 있었다. 방석집이란 방석을 깔고 네모난 상에 둘러앉아 술을 마시는 곳으로, 안주와 함께 여자가 나오는 술집을 말한다. 방석집 대부분은 동백, 모란, 백장미, 수선화 같은 친근한 꽃 이름을 간판으로 걸고 있었고 밤이 되어서야 빨간 조명과 함께 문을 열었다. 뱃사람들이 가는 술집에 대해 이렇게 자세히 기억하는 이유는 그곳에서 술을 먹고 있는 아빠를 본 적이 있기 때문이다.

나와 언니는 엄마 손을 잡고 바닷가 길을 걷고 있다. 분명 그날 아침에도 내가 걸었던 길인데, 밤이 되니 마치 다른 세계로 가는 길 같다. 작은 창으로 붉은 불빛이 새어나오는 여러 꽃 이름을 지나 대왕암이라는 가게 앞에 섰다. 엄마는 차마 용기를 내지 못한 것인지 아니면 나와 언니를 보내는 편이 더 큰 호소력을 가질 수 있을 거라 생각했는지, 우리에게 아빠를 데리고 나오라고 했다.

검은색 선팅지로 가려진 유리문을 열자, 붉은 조명의 대왕암 내부가 드러났다. 탁자라고는 두 개밖에 없는 좁은 공간에 뱃사람들과 입술을 빨갛게 칠한 여자들이 작전을 짜듯 모여 있었다. 뱃사람들도 입술이 빨간 여자들도, 모두가 처음 보는 얼굴이었다. 그 공간 그 불빛 아래에선 아빠 역시 낯선 사람으로 보였다. 아빠는 우리가 코앞까지 온 줄도 모르고 옆에 앉은 여자와 박장대소하고 있었다. 생경한 광경에 주눅이 든 언니가 할말을 찾지 못했는지 아빠 팔을 조심히 잡아당겼다. 하지만 그곳에 있던 사람들과 아빠는 마치 우리가 그곳에 없는 것처럼 행동했다. 아빠 옆에 앉은 여자는 쇠젓가락으로 상을 두드리며 붉은 입을 벌려 노래를 뽑아내기 시작했다. 나 역시 무엇이라도 해야 할 것 같아 덩달아 아빠 팔을 잡아당겼다. 그제서야 우리를 발견한 아빠의 눈이 토끼처럼 붉다. 아빠의 맞은편에 앉아 있던 뱃사람은 아직도 우리를 발견하지 못한 건지, 옆에 앉은 여자의 가슴을 움켜잡고는 킬킬 웃었다. 아빠는 진짜 토끼라도 되어버린 것처럼 아무런 말도 하지 않고 상 위에 놓인 반찬을 집어 오물오물 씹었다. 다시 술잔은 돌아가고 나와 언니만 얼음처럼 그 자리에 굳어 있었다. 투명인간의 기분이 이런 걸까? 나는 지난달 과학의 날 행사에서 투명한 액체를 먹으면 투명인간으로 변하는 사람을 그려 상을 받았다. 그때 나와 친구들의 장래희망은 투명인간이었다. 하지만 그것이 이런 존재라면 하나도 좋을 게 없겠다고 생각했다.

나보다 세 살 위인 언니는 이곳에서 나가는 게 상책이라고 생각했는지 문득 내 손을 당겨 출입문 쪽으로 걸었다. 우리는 이곳에 들어왔을 때와 같이 누구의 환영도 받지 못한 채 쓸쓸하게 퇴장해야 했다. 가게를 등지고 바다를 보고 있던 엄마의 뒷모습을 보자 무슨 말을 어떻게 해야 할지 머릿속이 그림자처럼 깜깜했다. 언니가 먼저 용궁에 내려갔다가 간을 빼앗길 뻔했던 토끼처럼 빨개진 눈으로 고개를 좌우로 흔들었다. 엄마는 대왕암을 한참 바라보다가 결국 우리를 데리고 왔던 길을 그대로 되돌아갔다. 나는 해독제를 찾지 못한 투명인간처럼 괴로워하며 엄마의 뒤꿈치만 보고 걸었다. 엄마가 걸음을 걸을 때마다 붉은색 고무슬리퍼가 뻐끔뻐끔 빨간 입을 열었다.

2

한 가지 궁금한 것은 유년기를 정말 '나의 삶'이라고 말할
수 있냐는 것이다. 그것은 내가 원하던 삶이 아니었고, 무
엇보다 내가 선택할 수 있는 것이 아니었다. 어른들이 말하
는 아이들의 무한한 가능성은 결국 아이들에게는 자신의
무능력을 확인하는 시간이 된다. 돌이켜보면 나의 유년기
는 알 수 없는 죄책감에 시달리며 나의 무능력을 확인하는
시간이었다. 꺼내놓아봤자 누구에게도 유익할 것이 없는
기억들. 하지만 왜 유독 ㄷ에게만큼은 미조리에 관한 이야
기를 자주 했던 것일까. 몇 년 전, 늦은 여름 나는 ㄷ과 함
께 이 바닷가 길을 걸었던 적이 있다.

"정말로 섬이 많네."

버스가 해안도로를 달릴 때, 그는 천체망원경으로 밤하늘을 처음 본 사람처럼 말했다. 그는 미조리에 도착할 때까지 창문에서 코를 떼지 않았다.

정말로 나는 왜, 유독 그에게 미조리에 관한 이야기를 자주 했을까? 곰곰이 생각해보니 우리가 주로 취한 상태로 있었기 때문이 아니었을까 싶다. 사실 내가 무엇인가에 취한다는 것은 굉장히 어려운 일이었다. 유년 시절부터 아빠의 주정에 이력이 나 있던 터라 술과 담배, 커피같이 중독성이 있는 것들은 의식적으로 피해왔기 때문이다. 하지만 신기하게도 ㄷ과 있을 때면 늘, 안심하고 취했다.

그와 함께 취하는 일은 언제나 신비로운 체험이었다. 우리가 취해 침대에 나란히 누우면 놀랍게도 이 지구상에는 우리 둘만 남은 기분이 들었다. 우리를 제외한 모든 사람들은 큰 발소리를 내며 지구 밖으로 사라졌다. 그때부터는 우리가 하는 모든 행위는 기존의 시간을 벗어나 움직였다. 평상시 일 초는 눈을 깜빡하면 사라져버리는 시간이겠지만, 우리가 취했을 땐 양팔을 천장으로 높이 뻗어 흔들고 다시 양쪽 다리를 들어올려 신나게 흔든 다음 내려놓아도 충분한 시간이었다. 간혹 중력도 사라져 매트리스 위로 몸이 뜨는 기분이 들 때도 있었다. 그럴 때마다 우리는 그때의 행동에 집중했다. 대수롭지 않게 지나칠 모든 일들이 저마다 존재의 이유를 남기며 눈과 머리를 어지럽혔다.

그때, 우리는 무엇이든 될 수 있었다. 형광등이 마치 사막의 태양처럼 뜨겁게 타오르면 우리는 오아시스를 찾아 떠나는 여행자가 되었다. 사방이 어두울 때, 책상 위의 작은 등만 켜둔 채 콜라를 컵에 따르면 탄산은 마치 폭죽처럼 공중에 터졌다. 우리는 그것을 둘만을 위한 작은 축제로 만들었다. 그럴 때면 그는 마치 어린 시절의 꿈이었던 물리학자가 된 것처럼 탄산의 화학식을 말하며 뜬금없이 원자에 대한 이야기를 하곤 했다. 빛을 받은 원자는 각기 고유한 색을 가지고 있다는 이야기는 어느새 나사NASA에서 쏘아올린 인공위성으로 이어지고, 인공위성은 그것이 관찰하고 있는 어느 항성의 이야기로 이어졌다. 물리학 쪽으로는 전혀 이해가 없던 나는 그가 그런 이야기를 할 때마다 책상 앞에서 꾸벅꾸벅 졸던 유년 시절로 돌아가 미조리를 떠올렸다.

미조항 어판장에 멸치잡이배가 들어온다. 배 위에는 가슴장화 차림에 모자를 쓴 사내들이 구령에 맞춰 멸치를 털기 시작한다. 사내들의 흔들리는 팔에서 멸치 수백 마리가 공중으로 튀어오른다. 튀어오른 멸치와 햇빛이 만나면, 그것들은 존재를 알 수 없는 수백 개의 빛이 되어 반짝인다. 나와 또래 아이들은 어판장 구석에 쪼그리고 앉아 그 장면을 홀린 듯 바라보고 있다. 그물의 한곳으로 모인 멸치는 삽을 든 육지의 인부들에게 넘겨진다. 어판장 인부들은 삽으로 멸치를 떠서, 판장 위에 넓게 깔아놓은 상자들을 채우기 시작한다. 이런 날 어판장은 멸치를 채운 상자들로 발디딜 틈이 없다. 판장 주위에 쪼그려앉은 허리 굽은 노인들의 손은 그때부터 바빠지기 시작한다. 그들은 상자 주변 바닥에 떨어진 멸치를 부지런히 대야에 주워 담는다. 그것으로 멸치젓갈을 만들어 먹거나 시장에 팔 요량이다. 멸치배의 입장에선 후에 따로 바닥 청소를 할 필요가 없어지니 멸치 서리를 인심 좋게 모른 체해준다. 멸치를 담은 상자는 트럭에 실리거나 냉동 창고로 바쁘게 흩어진다. 상자들이 모두 사라지면, 거대한 포클레인이 바닷물을 실어와 판장 바닥을 씻어내기 시작한다. 얼마 후, 판장은 무슨 일이 있었냐는 듯 깨끗해지지만, 비릿한 냄새는 바닥에 한 겹 더 포개진다. 간혹 몸 여기저기가 잘려나간 멸치가 바닥 틈에 끼여 있다가 판장을 헤매는 갈매기의 밥이 되기도 한다. 바닷새의 몸속에도 원자를 남기지 못한 멸치는 시간에 말라 바람 속에 스며들었을 것이다.

고등학교 때까지 물리학자가 꿈이었다던 그는 현재 컴퓨터 프로그래머로 일하지만 그의 관심사는 여전히 우주였다. 그는 취했을 때나 맨정신일 때나 우주에 대한 이야기를 했다. 지구와 행성, 행성과 항성, 그리고 그것들 간의 아득히 먼 거리에 대해서. 몇억 킬로미터, 몇 광년이라는 도무지 이해가 되지 않는 그 어마어마한 거리에 대한 이야기를 듣고 있을 때면 나는 그것을 미조리 해녀들의 숨비소리로 이해했다.

방과후, 나와 친구들은 빨간 등대가 있는 방파제에서 자주 놀았다. 이를테면 그곳이 우리의 아지트였다. 그곳에 가려면 미조항을 거쳐서 검은 바위 해안을 제법 오래 걸어야 했는데, 그 검고 넓적한 바위는 갯강구 수백 마리가 햇볕을 쬐며 서식하는 곳이었다. 바퀴벌레와 흡사한 외모의 갯강구는 청각이 예민한 건지 겁이 많은 건지, 사람 기척이 나면 일제히 바위틈으로 사라져버린다. 갯강구에게서 빼앗은 바위 위를 걸을 때마다 우리는 달에 착륙한 우주인이 된 것 같은 기분이 들곤 했다. 검은 바위들 틈에는 고동 같은 바다 생물과 작은 게들이 자주 보였다. 우리는 주로 그것들을 괴롭히거나, 낚시꾼들이 버려놓은 빈 소주병을 바다에 던지며 놀았다. 주인 없는 뗏목에 올라타서 바다 위를 떠다니는 것도 즐겨 하던 놀이였다.

그럴 때, 바다에선 간혹 이상한 소리가 들리기도 했다. 그 소리는 술 취한 아빠가 집 앞 골목길에서 부는 휘파람 소리 같기도 하고, 폭풍이 치는 날 창문 틈에서 나는 바람 소리 같기도 했다. 우리는 그 소리가 들릴 때마다 보물찾기 하듯 사방을 둘러보곤 했다. 어느 날 어딘가에서 다시 그 소리가 들려왔을 때, 친구 하나가 저멀리 파도를 따라 움직이는 까만 점 몇 개를 가리켰다. 물질하고 있는 해녀들의 머리였다. 그리고 그 소리는 해녀들이 잠수했다가 물 밖으로 고개를 내밀고 참았던 숨을 몰아쉴 때 내는 숨비소리였다. 분명히 사람이 내는 소리지만, 육지에선 한 번도 들어본 적 없는 소리. 저멀리, 까만 점들이 내는 야생 짐승의 휘파람 같은 소리. 겁이 많아 수영은 해본 적 없던 나는 절대 이해하지 못하는 해녀들의 세계. 눈에 보이지만 절대 닿을 수 없는 거리. 숨비소리를 들을 때면, 그 몇 초의 순간이 캐러멜처럼 길게 늘어지는 기분이었다.

　그는 하루 중에 프로그래밍을 하는 시간이 가장 많긴 했지만, 사실 그것을 그의 직업이라고 말하기는 어려웠다. 일단 생계를 위해 하는 일이 아니었고 그것으로 한 번도 수익을 내본 적이 없었기 때문이다. 하지만 그는 늘 집이나 근처 카페에서 프로그래밍을 하며 시간을 보냈다. 벌이가 없어도 생활에 어려움이 없었던 건 그의 부자 아버지 덕분이었다. 그가 사는 집과 생활비는 모두 그의 아버지가 해결해주었다. 내가 치과에서 코디네이터로 일하며 남은 시간에 글을 쓰고, 월세와 공과금 그리고 앞으로의 삶을 불안해하며 허둥지둥할 때에도 그는 늘 조용히 앉아 자기만의 세상을 코딩했다. 생각해보면 그랬기 때문에 사랑에 대해서도 좀더 깊이 주시할 수 있었지 않았나 싶다. 그가 살고 있는 큰 집과 그가 가진 것들을 보면 그의 아버지가 부족함

없이 돈을 주고 있는 것처럼 보였지만, 그는 돈을 별로 쓰지 않았다. 식도락을 즐기는 편도 아니었고, 옷이나 장신구에도 신경쓰지 않고 늘 입는 옷만 입었다. 그래서인지 그를 마치 자유로운 집시 정도로 생각하는 사람들도 있었지만, 그는 미술관이나 친한 DJ가 음악을 트는 작은 클럽에 가는 것 외에는 외출도 거의 하지 않았다. 여행 역시 마찬가지였다. 돈이 모이면 제일 먼저 비행기 티켓을 끊던 나와는 다르게 그는 고등학교 수학여행 외에 장거리 여행을 해본 적이 없었다. 그는 지구 안의 세계보다 지구 밖의 세계에 관심이 더 컸다. 그의 관심사는 언제나 물리와 천체였고, 이렇게 과학이 발달한 세상에선 간접적인 경험이 여러모로 훨씬 효율적일 수 있다는 얘기도 했다.

그랬기 때문에 그가 먼저 미조리에 가보자는 말을 꺼냈을 때, 나는 굉장히 의외롭다고 생각했다. 그리고 몇 년 뒤, 우리는 정말로 남해행 버스에 올랐다. 버스가 네 시간을 달려 사항마을 입구에 섰을 때 그는 박물관에 들어선 사람처럼 걸음을 늦추었다. 그의 옆에 선 나는 마치 도슨트라도 된 양 미조리에 대한 이야기를 다시 시작했다.

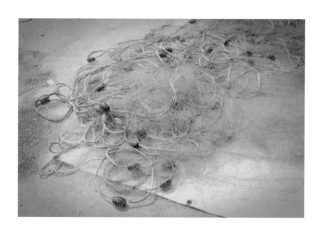

3

아빠는 미조리에서 '진성호 선주'가 되었다. 선주는 배의 주인을 뜻하는 말이지만, 사실 그 배의 진짜 주인은 아빠가 아니었다. 친척 중 한 사람이 투자를 목적으로 배를 사서 아빠에게 운영을 맡긴 것으로 아빠는 이를테면 바지사장 같은 것이었다. 아빠는 그 사실이 뱃사람들에게 알려져무시를 당할까 항상 불안해했다. 뱃머리 양쪽에 새겨진 '진성'이라는 배 이름은 진짜 주인의 이름이었다.

진성호는 장어잡이배였다. 처음 진성호를 보러 바다에 갔던 날이 생각난다. 엄마는 아침부터 물귀신에게 줄 음식을 만드느라 부엌에서 손이 바빴다. 아빠는 일찍 잠에서 깬 나와 언니를 마루로 불러, 달력 뒷면에 그림을 그려가며 장어통발에 대해 이야기했다. 장어는 통발이라는 몸통 전체에 작은 구멍이 뚫린 플라스틱 원통으로 잡는데, 이 통발 안에 비린내가 심한 정어리 같은 생선을 미끼로 두고 바다에 던져놓으면 장어가 잡힌다는 이야기였다. 당시에는 그림을 아무리 보아도 장어가 어떻게 통발로 들어가서 어떻게 갇히게 된다는 건지 이해되지 않았지만, 그 말을 하는 아빠의 표정이 마치 소풍 전날 새로 산 운동화의 끈을 매는 아이 같아서 덩달아 신이 났다.

엄마 손을 잡고 미조항 어판장에 도착하니 넘실거리는 남색 바다 위에 색색의 깃발로 단장한 진성호가 있었다. 아빠는 흔들리는 배 위에서 엄마가 준비한 음식 앞에 절을 한 다음 그것들을 조금씩 떼어내서 바다에 뿌렸다. 육지에 있던 엄마도 손을 모으고 연신 바다를 보며 고개를 숙였다. 어판장을 지나던 사람들이 삼삼오오 진성호 앞으로 모였고, 엄마의 머리카락이 바닷바람에 진성호의 깃발처럼 날렸다. 배의 진짜 주인인 친척 아저씨도 와 있었다. 나는 행여나 사람들이 아빠가 바지사장이라는 것을 알게 될까봐 마음이 쓰였다. 넘실거리는 배와 그 위에 아슬아슬하게 서 있는 아빠를 오래 보고 있자니 육지에 발을 두고 있는 내가 멀미가 났다.

아빠가 선원들을 모집해서 바다로 나가기 시작했을 때쯤, 나는 마을 입구에 있는 미조유아원에 다니고 있었다. 유아원이라는 곳은 여러모로 신기한 곳이었다. 미조리에 오기 전, 우리 가족은 포천의 어느 산속에서 마을이라는 것을 모르고 살았다. 그 산속에 집이라고는 이북 출신 부자 노인의 별장과 그 옆에 낡은 우리집이 전부였다. 아빠는 그 별장의 관리인으로 노인이 가진 농장을 함께 관리했고, 엄마는 아침마다 별장 부엌으로 설거지를 하러 갔다. 언니는 매일 산 하나를 넘어 학교에 다녔고, 여섯 살이던 나는 딱히 갈 데가 없어 종일 집에 있었다. 내가 친구라고 부를 수 있는 건 별장 노인이 기르던 가축들이 전부였는데, 사실 그곳 가축들은 하나같이 사나워서 친해지기가 어려웠다. 별장 뒤 꽃사슴 농장으로 가는 길목은 사나운 진돗개가 막고 서 있었고, 별장 입구에는 날마다 얼굴색이 바뀌는 칠면조가 철창을 노려보고 서 있었다. 한번은 사과를 나눠먹겠다고 칠면조 근처에 갔다가 커다란 날개에 흠씬 두들겨 맞은 적도 있었다.

결과적으로 미조유아원 생활은 포천에서의 생활과 다를 바 없었다. 나는 시간표에 맞춰 생활하는 단체 생활에 적응하지 못했고, 교우 관계도 원만하지 못했다. 포천의 가축들에게 배운 대로 내 영역을 침범하는 아이들의 얼굴을 자주 할퀴고 팔을 물어뜯기도 했다. 덕분에 친한 친구 하나 없이 유아원을 졸업했다.

그럼에도 불구하고 미조리 모래마을이 산속보다 좋았던 것은 당시 우리가 살았던 아늑한 집 때문이었다. 사람들은 우리집을 '약국 앞 2층 양옥'이라고 불렀다. 그 집은 포천 부자 노인의 별장과 마찬가지로 넓은 마루가 있는 2층 양옥이었다. 비가 새던 낡은 슬레이트 지붕의 한 칸짜리 방에서 가족 모두가 지내던 때와 비교하자면, 이 집은 너무나 황홀한 공간이었다. 넓은 마루와 방 세 개, 마루와 분리된 주방. 집 앞에는 미조리 유일의 약국이 있고, 그 양옆에는 작은 점방과 양품점이 있어 집 앞 골목은 늘 사람들이 모이는 곳이었다. 방과후, 부엌 싱크대 옆에 나 있던 큰 창을 열어 아래를 내려다보면 나는 마치 재미있는 책 속의 주인공이 된 것 같은 기분이 들었다.

약국 앞 평상은 사람들이 만들어내는 이야기로 심심할 새가 없었다. 어느 양식장에서 진주조개가 발견되었다는 이야기, 딸만 셋이던 누구네 집에서 드디어 고추를 봤다는 이야기, 이발소집 아줌마가 어느 총각 뱃사람과 눈이 맞아 도망갔다는 이야기. 통속 드라마보다 더 드라마 같은 이야기들이 OFF 버튼이 고장난 라디오처럼 흘러나왔다. 라면 면발 같은 머리를 한 동네 아줌마들의 간드러지는 웃음, 자전거를 타다 넘어져 우는 어린아이, 지나가는 오토바이의 엔진 소리. 부엌 창을 열면, 골목은 끊임없이 소리와 소문을 만들어내며, 어린 내 귓속을 간질였다. 언니가 두고 간 구구단 책받침만 종일 따라 외던 포천의 산속에 비하면 그야말로 이곳은 매일이 드라마의 연속이었다.

국민학교에 입학해 친구 만들기에 성공하고 있을 때쯤, 아빠는 바다에 나가지 않고 집에 있는 날이 많았다. 어른들의 일이란 언제나 이해하기 어려웠지만, 특히나 끊임없이 파도가 치는 바다의 일은 더욱 알 수가 없었다. 아빠는 술에 엉망으로 취해 집에 돌아오는 날이 많았다. 그런 밤이면 나는 우리 가족이 다시 포천의 산속으로 가는 꿈을 꿨다. 반짝이는 까만 자가용을 타고 오는 부자 노인의 친구들을 위해 뜨거운 물에 멧돼지를 삶는 아빠. 농장 안에서 사슴의 뿔을 잘라 그릇에 피를 받고 있는 아빠. 천둥이 치는 밤에 우리를 탈출한 멧돼지를 쫓으러 간다며 검은 우비를 입는 아빠. 전기가 나간 방에 촛불을 켜놓고 아빠를 기다리던 일이 꿈에 그대로 나왔다.

그때쯤 나는 새로 사귄 친구들을 따라 교회를 다녔다. 첫 여름방학을 맞았고, 여름 성경학교 캠프에서 돌아와 친구들과 함께 집에 왔을 때였다. 집에는 아무도 없었고, 녹색 모기향만이 마루 가장자리에서 열심히 원을 그리며 재를 만들고 있었다. 이때다 싶어서 신발장에서 엄마 구두를 꺼내 신고, 화장대에서 루주를 꺼내 입술에 바르며 놀았다. 휴지를 풀어 가슴 안쪽에 넣고 어른 흉내를 내며 캠프에서 받은 삶은 계란을 꺼내 먹고 있을 때, 창문 밖에서 낯선 소음이 들렸다. 나와 친구들이 부엌의 열린 창으로 우르르 달려가 아래를 내다보니 술에 취한 남자 두 명이 뒤엉켜 주먹

질을 하고 있었다. 마을 사람들이 그 주변에 벌떼처럼 모여 웅성거렸다. 엎치락뒤치락하는 두 남자. 우리는 마치 프로레슬링 비디오를 보듯이 소리를 지르며 각기 다른 선수를 응원했다. 어느 순간 내가 응원하고 있던 남자가 상대를 바닥에 눕히고 연달아 펀치를 날렸다. 나는 신이 나서 박수를 치면서도 시간이 지날수록 슬슬 밑에 깔린 남자가 걱정되기 시작했다. 누가 가서 말려야 하는 것 아닌가? 하고 있을 때, 약국 할아버지가 나섰다. 적극적으로 나서는 사람이 생기자, 앞에서 구경하고 있던 남자도 엉켜서 싸우던 두 사람을 떼어놓았다. 아래에 깔려서 많이 맞은 쪽은 술에 취해서 그런 건지 아니면 많이 맞아서 그런 건지 몸을 가누지 못했다. 약국 할머니가 소독약이 든 구급상자를 가지고 오자 할아버지가 누워 있는 남자의 얼굴 여기저기에 빨간약을 발랐다. 순간 남자의 얼굴에 시선이 멈췄다.

아빠였다. 나는 부끄럽기도 하고 무섭기도 해서 어떻게 해야 할 줄을 모르고 있었다. 친구들도 갑자기 말이 없었다. 더이상 창문 아래를 볼 용기가 나지 않았고, 친구들도 내 눈치를 보다 조용히 각자의 집으로 돌아갔다. 얼마 후,

아빠가 약국 할아버지의 부축을 받으며 집으로 왔다. 옷은 여기저기 찢어져 있고, 얼굴과 주먹에는 빨간약이 피처럼 묻어 있었다. 진짜 피였을지도 모른다. 신발을 채 벗지도 않고 마루에 그대로 누워버린 아빠는 아픈 줄도 모르겠다는 듯 크게 코를 골며 잠이 들었다. 아빠의 숨에서 소주 냄새가 금세 퍼져 모기향과 함께 마루를 채웠다. 시장바구니를 들고 집에 도착한 엄마는 한숨을 쉬며 장어의 껍질을 벗겨내듯 아빠의 더러운 양말을 벗겼다.

그 여름이 그 집에서 보낸 마지막 계절이었다. 여름방학이 끝나기 전에 우리는 서둘러 이사를 해야 했다. 알고 보니 언니네 반에 어떤 남자아이네가 이 집을 사서 전세로 있던 우리는 나가줘야 한다는 것이었다. 그후로 가끔씩 약국 골목을 지날 때면, 과연 내가 저곳에 정말 있었던 걸까? 하고 꿈을 꾸듯 회상했다. 부엌 창문 너머로 그 집 사람들이 보일 때마다, 재미있게 읽고 있던 책을 도중에 뺏긴 것처럼 서러운 기분이 들었다.

4

그러고 보니, ㄷ의 집은 미조리의 그 2층 양옥과 비슷한 느낌이 있다. 그의 집에 처음 갔던 날, 왠지 익숙한 기분이 들었던 것은 바로 그 때문이었던 것 같다.

 ㄷ과 나는 길에서 처음 만났다. 핼러윈데이, 이태원 거리는 그야말로 별세계다. 거리에는 옷에 피를 묻힌 간호사와 머리에 붕대를 감은 미라들이 걸어다녔다. 머리에 못이 박힌 프랑켄슈타인이 상점에 나타나 담배와 라이터를 찾더라도 놀랄 일이 아니었다. 굳이 피를 묻힌 귀신들이 아니어도 슈퍼맨과 배트맨, 원더우먼까지 브라운관을 뛰쳐나온 히어

로들이 들뜬 표정으로 거리를 돌아다녔다. 핼러윈데이, 이태원 거리는 성인들의 놀이터였다. 덕분에 10월의 마지막 날은 다른 날보다 빠르게 흘러갔다.

나와 친구들은 며칠 전부터 준비한 처녀귀신 코스튬을 하고 사람들을 구경하고 있었다. 이태원의 어느 호텔 앞에서 화장실에 간 친구를 기다리고 있을 때, 승복을 입은 남자가 다가왔다. 파인애플 꼭지처럼 중간 머리만 남겨놓고 옆머리를 짧게 친 헤어스타일과 선글라스를 끼고 있는 모습으로 봐서 진짜 스님은 아니었다. 그런 그가 다짜고짜 내 이름을 말해서 나는 코앞에서 아미타불을 목도한 귀신처럼 깜짝 놀랐다.

"혹시 김얀씨 아니세요?"

내가 눈을 동그랗게 뜨자, 그는 싱겁게 웃으며 내 트위터를 보고 있다고 했다. 그때 나는 서른이었고, 작가가 되겠다고 결심하고 무작정 서울로 올라와 있을 때였다. 일단 서울로 가면 길이 보일 거라는 순진한 생각을 하고, '어쨌든 쓰는 사람이 작가다'라는 친구의 말에 블로그와 트위터를 만들었다. 예전처럼 쉽게 포기하고 다시 치과로 돌아가지 않기 위해 일부러 남들 눈에 잘 띄는 손목에 문신도 했다. 낙서처럼 별, 행성, 달을 그려넣고 '경민'이라는 이름을 가로로 ㄱ ㅕ ㅇ ㅁ ㅣ ㄴ이라고 새겼는데 이걸 보는 사람마다 거꾸로 ㄱ ㅣ ㅁ ㅇ ㅑ ㄴ으로 읽어 '김얀'이라는 이름을 필명으로 써야겠다는 결심도 했다. 블로그에 글을 올리며 습작을 시작한 지 일 년이 되어갔지만, 여전히 작가가 되는 길은 아리송하기만 했다. 모아놓은 돈은 점점 떨어져가고, 이대로 가다간 다시 치과로 돌아가서 깨어 있는 시간의 대부분을 환자들 상담하는 데에 써야 할 것 같았다. 블로그를 홍보하겠다고 만든 트위터는 어느새 이런 답답한 마음을 푸념하는 곳으로 전락한 지 오래였고, 이런 솔직한 푸념이 사람들의 공감을 얻으며 조금씩 팔로워가 늘어나던 중이었다. 그는 웃으며 '나의 팬'이라고 했지만, 나는 트위터라는 가상현실에서 튀어나와 '나의 팬'이라고 말하는 이 인물이 더욱 신기했다.

그는 나보다 한 살 어린 스물아홉이었고, 마침 그의 무리와 나의 무리의 수도 비슷해 우리는 순식간에 근처 호프집에 섞여 앉게 되었다. 그리고 이내 실망했다. 그는 나의 팬이라고 했으면서도 내가 하는 이야기마다 반문을 하거나 말대꾸를 했다. 초면의 상대에 대한 예의라고는 눈을 씻고 찾아봐도 없는, 껄렁한 그의 태도가 마음에 들지 않아 빨리 자리를 뜨고 싶었지만, 그가 프로그래머라는 것을 알고부터는 다시 그에게 집중할 수밖에 없었다. 그때 나는 내 이름을 딴 도메인으로 홈페이지를 만드는 것을 몇 달째 고민 중이었는데 그가 그건 누워서 떡 먹기라는 식으로 말했기 때문이었다. 마음먹은 날이 길일이라고, 그럼 오늘 당장 해치워버리자며 그의 집으로 따라나서게 된 것은, 오늘이 아니면 그를 다시 만날 일은 없을 거라고 나 혼자 장담했기 때문이었다.

그의 집은 이태원에서 차로 이십 분 거리에 있었다. 자정에 가까운 시간이긴 했지만, 그의 동네는 이태원과 전혀 다른 분위기였다. 서울에 이렇게 조용한 동네가 있었던가? 가로수 사이로 불어오는 밤바람이 눈썹 위를 부드럽게 간질였다. 그의 발자국을 따라가며 곳곳에 세워진 나무를 둘러보았다. 서울의 땅은 더이상 나무들을 위한 자리가 아니었고 나무가 있던 자리에선 건물이 솟아났다. 나는 그날 처음으로 서울의 낙엽을 밟을 수 있었다.

그가 높은 벽으로 둘러싸인 2층 주택 앞에 멈춰 섰다. 견

고해 보이는 검은 대문을 열자 잔디가 깔린 작은 정원과 다시, 대문만큼 견고한 현관문이 보였다. 승복을 입은 그와는 전혀 어울리지 않는 튼튼하고 세련된 외관의 집이었다. 그가 현관문을 열자 집 안에서는 알 수 없는 식물의 냄새가 얼굴에 퍼졌다. 거실 전등이 켜지고, 창가 주변으로 크고 작은 분재가 보인 건 그다음이었다. 그는 별다른 말없이 뚜벅뚜벅 거실 중간에 있는 계단으로 올라갔다. 혹시 집에 잠을 자고 있는 사람이 있을까봐 뒤꿈치를 들어 살금살금 걷자, 그는 혼자 산다고 말하며 작업실은 2층에 있다고 했다.

계단에서 가장 가까운 방문을 열고 등을 켜자, 벽 전체가 계란판 모양의 검은색 흡음재로 둘러싸인 작업실이 보였다. 프로그래머라고 했지만, 음악에도 취미가 있는지 전자피아노와 전자기타, 그리고 정확한 용도를 알 수 없는 음악 장비와 커다란 스피커들이 보였다. 그가 중앙 테이블 의자에 앉아 모니터 두 대와 노트북을 켰다. 그가 키보드를 두드리는 동안, 나는 벽 가장자리에 있는 노란 화분을 보고 있었다. 검은 전자기기 사이에서 혼자 고고히 푸른 잎을 피워내고 있던 그 나무는 그가 고등학교 때 장난삼아 심은 레

몬 씨에서 자란 것이라고 알려주었다. 그 바람에 식물을 키우는 데도 취미가 생겼다고 했다. 그는 나에게 원하는 이름을 물어 그에 맞는 도메인을 찾아 내 홈페이지에 연계시키는 과정을 몇 분 만에 끝내버렸다. 몇 달째 고민하고 있던 것이 이렇게 쉽게 해결된 것을 보고 어벙한 표정으로 있으니, 그가 집을 구경시켜주겠다고 했다.

보통 거실의 텔레비전이 있어야 하는 자리에는 커다란 책장이 있었다. 습관적으로 그 앞에 서서 유심히 책을 보니 하나같이 내가 좋아하는 작가들의 책이었다. 내가 감탄하는 눈빛으로 책과 그를 번갈아 보자, 그 책들은 스페인에 있는 누나의 것이라고 했다. 책이 최고의 인테리어 소품이라는 말에는 동의하지만, 소설책에는 별 관심이 없다고 퉁명스럽게 말했다. 그렇다면 거실 중앙의 표범 무늬 천을 씌워둔 소파는 누구의 아이디어였을까?

침실 문을 열자 가장 먼저 눈에 들어온 것은 역시나 창가 근처에 놓인 크기가 다른 분재들이었다. 연두색 극세사 이불이 있는 퀸사이즈 매트리스가 방의 중간에 있고, 발아

래 쪽으로 아그리파 석고 흉상이 있다. 그림도 그리나 싶
어 주변을 둘러보니 한쪽 벽 아래 이젤과 캔버스, 연필꽂이
가 있었다. 다시 조금 어색해지려는 찰나 어디선가 수족관
의 기포기 돌아가는 소리가 들렸다. 침대 옆 샬레 위에 젖
은 솜과 호스가 연결된 투명 케이스에서 나는 소리였다. 수
경재배 장치로 씨앗을 불리는 중이라고 했다. 생각보다 훨
씬 특이한 남자구나 싶었지만, 집 구경도 끝났고 시간도 늦
어 이제 가야겠다고 하니 그가 더 놀다 가라고 했다.

"뭘 하고 놀 건데? 난 그림도 음악도 몰라."

그러자 그가 재미있는 걸 보여주겠다며 옷장을 열어 검
은색 상자 하나를 꺼냈다.

유명한 상표가 그려진 운동화 상자를 열어보니 유아용
장난감같이 생긴 물건들이 소꿉놀이를 하듯 모여 있었다.
자세히 보니 그것들은 색색의 러브젤과 유리로 된 애널용
딜도, 바이브레이터, 몸을 묶을 수 있는 끈과 검정색 플라
스틱 수갑 같은 섹스토이였다. 황당한 표정으로 섹스토이
와 그가 입은 승복을 번갈아 바라보니 그가 사바세계에 첫
발을 디딘 동자처럼 해맑게 웃었다. 그의 표정에 나 역시

전혀 예상치 못한 선물을 받은 크리스마스 아침의 아이가 된 기분이었다. 그래, 그럼 한번 놀아보자며 코트를 벗고, 스웨터, 치마, 스타킹을 차례대로 벗었다. 그가 승복을 입은 채로 내 가슴에 얼굴을 비비자 색욕에 빠진 파계승과 몸을 섞는 묘한 기분이 들었다.

아침에 눈을 떴을 때, 평상복을 입은 그가 토스트와 커피를 가져다주었다. 열린 커튼의 넓은 창으로 햇살과 함께 바깥 풍경이 쏟아지며 지난밤이 모두 꿈같았다. 창문 너머로 도로 하나 정도의 거리를 두고 산세를 따라 이어지는 산성과 바람에 흔들리는 나무들이 보였다. 내가 누운 채로 상체만 벽에 기대어 토스트를 오물거릴 때, 그는 창문을 조금 열고 커피를 마시며 담배를 태웠다. 커다란 유리창 중간중간에는 화이트보드를 대신해 메모를 해둔 건지 하얀색 보드마카로 알 수 없는 숫자와 기호들이 적혀 있었다. 나는 그가 재떨이에 담배를 비벼 끌 때까지 그의 뒷모습을 보고 있었다. 커피 한 모금에 담배 한 모금, 그는 한 치의 오차도 없이 수학적으로 그 행동을 반복했다. 누군가의 뒷모습은 언제나 미지의 세계란 생각이 들면서 비로소 그에 대한 궁

금증이 일었다. 인기척을 느끼고 뒤를 돌아본 그가 불쑥 창밖을 가리키며 저 산중턱에 한용운이 살았던 북향의 집, 심우장이 있다고 말했다. 침대 옆 수경재배 장치는 여전히 반복적인 소리를 내고 있다. 기포기의 소음과 큰 창문, 그리고 그 아래 나란히 서 있는 분재를 보며 우리가 어항 속의 물고기 같다는 생각을 했다.

그날 이후 나는 자주 그 집에 갔다. 검은 상자의 장난감을 가지고 놀거나, 식물에 물을 주고, 피아노를 치며 시간을 보냈다. 창밖의 풍경으로 계절을 배우면서, 우리는 마치 유년 시절의 단짝처럼 지냈다.

나의 새로운 애인 J는 매일 아침, 모든 포커스를 글쓰기에 맞추라는 메시지를 보내온다. 그를 만나기 전의 연애에 관한 글을 쓰고 있다는 걸 뻔히 알면서도 이런 성원을 보내는 그가 고마우면서도 한편으로 그것이 쓰기를 망설이게 한다. 오늘은 만족할 만큼 썼냐는 J의 문자에 나는 별다른 대답을 찾지 못하고 내일부터는 오직 잠들기 전에만 연락을 하는 게 좋을 것 같다는 말을 했다.

평일에는 도서관을 몇 군데 옮겨다니며 글을 쓰고, 쓰는 것이 너무 힘든 날에는 언니 집에 간다. 해가 잘 드는 아파트에서 언니와 마주앉아 미조리에 대한 이야기를 했다. 내가 기억하고 있는 그때의 일을 하나씩 이야기하자, 언니는 맞장구를 치며 고개를 끄덕이기도 하고 때로는 깜짝 놀라는 표정을 짓기도 했다. 그러다 이야기의 말미에는 내 기억이 너무 부정적인 것에만 맞춰져 있는 것 아니냐며 우려하기도 했다.

그 시절은 분명 우리에게 힘든 시기였지만, 좋았던 기억도 많지 않았느냐고 언니는 말했다. 아빠가 만들어준 나무침대에 누워 창문 너머 빗소리를 듣던 기억이나 초여름이면 텃밭에서 토마토를 따와 마루에 앉아 먹던 일 같은 것들이었다. 나 역시 모두 기억하고 있다. 하지만 그런 좋은 일 말고도 좋지 않은 일들 또한 보고 겪었는데도 아무렇지 않게 살 수 있겠느냐고 나는 되물었다. 학교 아래 개미집에 살던 열 살짜리 여자아이가 뒷집 노인의 몸 위에서 수영하듯이 움직여야 했던 이야기며, 세번째 결혼을 하는 엄마를 '이모'라고 부를 수밖에 없었던 아이며……. 아이들에게 삶이 얼마나 잔인했고, 지금도 세상은 변한 게 없는데 어떻게 좋은 생각만 하고 살 수 있겠냐고 따지듯이 물었다.

같은 부모 아래서 같은 교육을 받으며 자랐지만, 언니와 나는 많이 달랐다. 일 년에 열두 명의 남자를 만났던 나와는 달리, 언니는 첫사랑과 십이 년간 연애를 하고 결혼을 했다. 직장 그만두기를 밥 먹듯 하고 모은 돈으로 해외를 쏘다녔던 나와는 달리, 언니는 첫아이를 출산하기 전까지 한 번도 쉬지 않고 직장을 다녔다.

하지만 언니는 내가 어떤 일을 결정하더라도 언제나 응원하며 따뜻하게 도와주었다. 내 첫번째 책이 나왔을 때도 언니는 유치원 학부형들에게 "제 동생이 그토록 원하던 작가가 되었어요. 내용은 조금 야하지만요. 너무 놀라진 마세요" 하며 그 책을 건네주었다고 한다. 누구보다 기쁜 마음으로.

차를 마시고 일어나려는데 언니가 봉투 하나를 내밀었다. 곧 생일도 다가오는데 필요한 것이 있으면 사서 쓰라고 만 원짜리 몇 장을 넣어준 것이다. 그것을 주머니에 받아 넣고 나오면서 미조리에서의 우리를 떠올려보았다. 언제나 긍정적이고 배려심 많은 언니는 한 아이의 엄마가 되었고, 나는 이렇게 글을 쓰는 사람이 되었다.

언니와 나는 '엄마'와 '작가'처럼, 다른 듯 결국 닮았다.

5

우리는 바다를 마주한 횟집에 앉아 아나고를 주문했다. ㄷ은 장어회는 난생처음이라고 했다. 붕장어를 뼈째 얇게 썰어 먹는 회를 미조리에선 아나고라고 불렀다. 상은 곁들임 음식으로 나온 작은 접시들로 금세 가득찼다. 하얀 플라스틱 원형 접시에는 해삼과 멍게, 삶은 소라 같은 해산물과 생오이와 미역무침 같은 것들이 소담하게 담겨 있다.

"그런데 유년 시절을 정말 '나의 삶'이라고 말할 수 있을까?"

나는 쇠젓가락 사이를 보기 좋게 빠져나가는 해삼을 집으려 애를 쓰며 말했다. 아무런 대답이 없는 그를 보고 나는 다시 푸념하듯 그의 대답을 재촉했다.

"이 세상은 아이들에게 절대로 기회를 주지 않는다고."

그가 무언가를 골똘히 씹으며 대답했다.

"그런데 원래 삶이라는 게 그렇지 않나요? 굳이 유년기만이 아니라, 성인이 되고 나서도 우리가 선택할 수 있는 건 그렇게 많지 않잖아요. 다들 뻔한 선택을 강요받고, 결국 그렇게 비슷비슷하게 살다가 가는 거죠, 뭐."

우리가 만난 지 벌써 이 년이 지났지만, 그는 여전히 나에게 말을 놓지 않았다. 높임말을 시작으로 만난 사람에게는 어쩐지 다시 말을 놓는 게 쉽지 않다고 했다. 사실 그는 나와 있을 때를 제외하고는 거의 말을 하지 않았다. 만나는 사람도 한정되어 있었고, 사람을 만나는 일 심지어는 먹는 일까지도 귀찮아할 때가 많았다. 미래와 우주 같은 관심 분야가 아니고선 시간을 쓰는 일을 당최 좋아하지 않았다. 그런 그가 미조리에 관한 이야기에 유심히 귀를 기울일 때마다 나는 조금 의아하기도 했다. 심지어 그는 본인의 유년 시절에도 별다른 관심이 없었고 따라서 특별한 기억도 없다고 했다. 중소도시의 평범한 아파트에서 태어나 학교와 보습학원을 열심히 다녔고, 어린이 과학잡지를 꾸준히 읽어왔다는 것, 조금 특별한 기억이라면 돈을 끔찍이 아끼는 엄마 때문에 가족들이 차를 타고 먼길을 갈 때에도 휴게소에 들르지 않고 차 안에서 엄마가 싼 도시락을 먹었다는 것 정도였다. 절에 시주하는 돈 외에는 무조건 절약했던 그의 엄마 덕분에 그의 가족은 지금 이렇게 잘살게 되었다고 하지만, 그래서 그는 대학에 가기 전까지 가족 외식이란 걸 해본 적이 없다고 했다. 그러고 보니 미조리로 가는 중에 들른 휴게소에서 호두과자를 먹으며 유달리 신이 났던 그의 얼굴이 생각났다.

얼마 후, 하얗고 큰 접시에 깻잎 장식을 한 아나고가 나오자 그는 눈을 동그랗게 뜨며 말했다.

"회가 아니라 무슨 팝콘 같네."

미조리에서 아나고라 부르는 장어회는 다른 곳에서 나오는 회와 조금 달랐다. 껍질을 벗기고 뼈째 얇게 썬 다음 천에 놓고 살짝 짜서 수분을 뺐기 때문에, 겉으로 보기에도 일반 회와는 전혀 달랐다. 식감 역시 고슬고슬하게 지어놓은 현미 같은 느낌이었다. 까실한 뼈는 씹을수록 고소해지고, 폭신한 살점에서 퍼져나오는 육즙과 바닷내가 입안에서 오묘하게 섞였다.

"그런데 사람들은 어쩌다가 장어를 먹기 시작했을까요?"

아나고가 담긴 접시가 반쯤 비워졌을 때 그가 물었다.

"살려면 뭐라도 먹어야 했겠지."

나는 별생각 없이 대답했지만, 정말 살려면 뭐든 먹어야 했던 시절이 있었을 거라는 생각을 했다.

사실 이 횟집이 있던 자리는 내가 태어난 해에 메워진 간척지였다. 그 시절 어떤 사람들은 살기 위해 바다를 메꿔 땅을 만들 생각을 했다. 그보다 더 한참 전 어떤 사람들은, 모래 위에 마을을 짓겠다는 생각을 했다. 살기 위해서라면 뱀을 닮은 요상한 바다 생물을 씹어먹는 것 정도야 일도 아닐 것이었다.

이 횟집이 있던 자리에 '재 너머 큰 바우'라는 경양식 돈가스집이 있었다. 그곳은 유년 시절, 우리 가족의 첫 외식 장소였다. 처음 '재 너머 큰 바우'라는 생소한 이름의 간판이 달렸을 때, 나는 그곳의 정체가 너무도 궁금해 그곳에 가는 꿈을 꿀 정도였다. 자고로 음식점이라면 '미조 횟집'

이나 '남해 식당'처럼 지명과 업종으로 된 간판이 달려 있어야 할 텐데, '재 너머 큰 바우'라는 이름은 열 살이 채 되지 않은 나에겐 커다란 스무고개였다. 주말을 지내고 학교에 가면, '재 너머 큰 바우'를 다녀온 아이들의 무용담으로 넘쳤다. 그들의 이야기를 듣고 있으면 생뚱맞게 한 번도 가본 적 없는 부산이 생각났다. 부산은 당시 내가 생각할 수 있는 가장 번화하고 세련된 곳이었다.

드디어 우리 가족이 '재 너머 큰 바우'에 앉던 날, 크고 하얀 쟁반에 까슬까슬한 튀김가루가 입혀진 돼지고기 앞에서 우리는 적잖이 당황했다. 납작한 고깃덩어리 위로 황톳빛 소스가 지그재그로 뿌려져 있었고, 그 옆에 동그란 아이스크림처럼 얹혀 있는 것은 놀랍게도 쇠그릇에 담겨 있어야 할 쌀밥이었다. 아빠는 옆 테이블 사람들을 눈치껏 따라하며 톱날 같은 칼로 고기를 네모나게 잘랐다. 나도 아빠를 따라 시도해봤지만, 접시 위에서 하는 칼질이라는 건 영 쉽지가 않았다. 내 칼이 남들 것보다 무딘 건지 고기는 썰리지 않고 자꾸 접시와 부딪쳐 묘한 소음만 만들어냈다. 돈가스라는 것은 놀라울 정도로 새로운 맛이었지만, 젓가락이 없는 상 앞에 바이올린 소리를 들으며 앉아 있다는 사실이 어색하기만 했다. 네모난 식탁을 채운 우리 가족은 앞에 있는 돈가스 자르기에 각자 집중하고 있었다. 튀김가루에 쌓여 정체를 알 수 없는 회색 고기를 무거운 성인용 포크로 집어 입으로 가져가는 일에 열중하고 있을 때, 창가에 앉은 여자아이와 눈이 마주쳤다. 동그란 눈에 깔끔하게 묶은 양 갈래 머리를 한 내 또래의 아이는 몇 달 전, 부산에서 전학을 왔다. 아빠가 우체국장이라는 아이는 우체국 뒤에 정원이 넓은 집에 살았고, 언제나 깨끗한 원피스를 입고 학교에 왔다. 나와 눈이 마주치자마자 한 손에 포크를 쥔 채 반갑게 눈웃음을 지었다. 오후의 햇살과 아이의 웃음이 얼마나 자연스럽던지 나는 어색하게 잡고 있던 포크를 탁자에 내려놓고 희미하게 웃었다. 금테 안경을 쓴 아이의 아빠가 나를 보더니 아이에게 뭐라고 이야기를 하는 것 같았다. 그들 가족은 돈가스를 자르면서도 서로의 눈을 보고 이야기를 했다. 그 모습이 마치 주말 드라마에 나오는 한 장면처럼 자연스러워 나도 모르게 자꾸 눈이 갔다. 고동색 재킷에 검은 구두를 신은 아이의 아빠는 식사가 끝나자 기분좋게 자리에서 일어나 계산을 하고 식구들을 챙겨 밖으로 나갔다. 문을 열고 나가는 그의 뒷모습에서 끝까지 눈을 떼지 못했던 건 그는 내가 미조리에서 최초로 본 재킷을 입은 남자였기 때문일 것이다. 후식으로 나온 수정과를 마시면서도 아빠는 메뉴판을 넘기며 술이 없다고 불평했다. 결국 집으로 가는 길에 점방에 들러 소주 한 병을 사던 아빠의 하늘색 여름 잠바에선 여전히 아나고 냄새가 났다.

6

약국 앞 2층 양옥에서 쫓겨나다시피 한 우리 가족은 어판장 근처의 한 폐가로 짐을 옮겼다. 이곳은 마을 사람들이 '귀신의 집'이라고 부르는 곳으로 일제강점기 때 마을 의원으로 쓰이다가 6·25 전쟁 이후 방치되어오던 곳이었다. 의원과 살림집을 겸하여 쓸 정도로 덩치 큰 집이 오래도록 비어 있었으니 들어오겠다는 입주자는커녕 밤이면 모두가 이근처를 피해 다녔다. 그런 집에 우리가 들어간다는 소식을 듣고 마을 사람들의 마음은 덕분에 마을이 환해지겠다는 기대와 과연 우리가 얼마나 버틸 수 있을까 하는 의구심으로 나뉘었다. 6·25 전쟁 때, 이곳에서 많은 부상자들이 치

료받았고 덩달아 죽어나간 사람도 많았다는 소문은 당시 여덟 살이던 나 역시 알고 있었다.

이삿짐을 옮기던 날, 나는 처음으로 가까이에서 보게 된 이 낡고 어둡고 거대한 집에 가슴이 철렁 내려앉았다. 아빠는 맨손으로 짐을 옮기며 요즘 세상에 귀신이 어디 있냐며 진성호 때문에라도 이런 큰 창고가 있는 집이 꼭 필요하다고 말했다. 의원으로 쓰던 공간을 선원들의 숙식 공간으로 고치면 선원 구하는 일에 대한 걱정도 한시름 덜 수 있을 거라고 했다. 엄마는 차분히 집 안팎을 쓸고 닦으며 앞으로 우리가 살 곳은 이 집이고, 설령 귀신이 나온다고 해도 그를 타일러서라도 같이 살아야 한다고 염불을 외듯 말했다. 우리에게 다른 선택권은 없어 보였다. 이 집은 규모로 봐도 주변 시세로 봐도 대적할 만한 곳이 없을 만큼 저렴했고, 우리는 돈이 없었다. 지난 일 년 동안 아빠와 진성호는 바다에서 큰 활약을 하지 못했다. 뱃일이 처음인 아빠는 노련한 선장과 선원을 모셔오는 법에도 서툴렀고, 어렵게 구한 선원들도 번번이 선금을 떼어먹고 도망가서 여러모로 진을 빼고 있었다.

생각해보니, 그 집은 귀신고래가 육지에 누워 있는 모습과 비슷했다. 고래의 머리 부분은 예전부터 살림집으로 쓰이던 곳으로 다섯 개의 방과 부엌, 욕실이 미로처럼 이어져 있었고, 일제강점기 때 지어진 주택답게 다다미로 된 큰 방도 하나 있었다. 하지만 오래되어 돗자리가 자꾸 일어났기 때문에 엄마는 그 위에 고동색 장판을 깔았다. 장판과 다다미는 몇 년이 지나도 밀착되지 않아 장판은 항상 울퉁불퉁했다. 게다가 다다미에는 온돌이 깔리지 않기 때문에 한겨울에 맨발로 그 방을 지날 때면 파도치는 고동색 바다를 걷는 기분이었다.

점점 시간이 지나고 살면 살수록 이 집은 모든 것이 생각보단 괜찮았다. 누구도 이 집에 대한 기대를 해본 적 없었기 때문에 결론적으론 모든 것이 기대 이상이었던 것이다. 특히 집 내부에는 양변기가 있는 화장실이 있어 동네 아이들이 구경을 올 정도였다. 약국 앞 2층 양옥에도 화장실은 밖에 있었고, 양변기에 우아하게 걸터앉는 것이 아니라 무릎을 쪼그려앉아야 했다. 당시 미조리에 있는 집은 대부분이 그랬다. 누구네 화장실은 집과도 한참 떨어져 골목길 벽에 뜬금없이 문이 나 있기도 했다. 길게 이어진 복도

와 미로처럼 이어진 다섯 개의 넓은 방은 술래잡기를 하기에도 좋아 아이들에게 인기 만점이었다.

동백꽃과 야자수, 깊은 우물이 있던 마당은 일본 풍경화 같은 운치가 있었다. 대문 옆으로는 작은 인공 연못이 있고, 몸통이 크게 휘어진 소나무가 그 연못을 품에 안고 있는 형상이었다. 이삿짐이 어느 정도 정리되자 아빠는 가장 먼저 연못 주변을 정리하기 시작했다. 지저분하게 나 있던 나무와 잡초를 깔끔하게 이발하듯 다듬고 녹슨 분수대를 닦고 조였다. 정리된 연못은 가히 낭만적이었다. 분수대가 처음 공중으로 물을 뿜던 날에는 연못 속에 작은 고래가 살고 있을 것만 같았다. 날이 좋으면 지나가던 동네 아이들이 연못 주위를 어슬렁거렸고, 비가 오면 배가 빨간 비단개구리들이 모여들었다. 초여름이면 연못 뒤 텃밭에 파릇한 토마토가 영글었고, 초겨울이면 담장 근처의 귤나무에서 작고 신 열매가 열렸다.

살림집에는 방이 다섯 개나 있었지만, 언니와 나는 늘 같은 방에서 잤다. 우리가 잠을 자던 방엔 예전 의원으로 쓰던 곳으로 통하는 문이 하나 더 나 있었다. 밤에 자려고 누우면 모든 감각이 그 잠긴 문 너머로 쏠리곤 했다. 비가 오는 밤에는 누군가 안쪽에서 문을 두드리는 것 같기도 하고, 또 어떤 날은 누군가 갑자기 문을 열고 튀어나올 것도 같았다. 안쪽에서 잠겨 있던 그 문이 열린 건 우리가 이사 온 후 몇 달이 지나고 나서였다. 드디어 예전 의원이었던 곳으로 통하는 문을 열고 좁은 통로를 건널 때는 마치 고래의 배 속을 탐험하는 피노키오가 된 기분이었다. 이 의원은 고래의 머리 격인 살림집에서 옆으로 길게 이어지는 모양의 별채로 고래의 몸통을 연상케 했다. 의원으로 들어갈 수 있는 문은 이 문 말고도 두 군데가 더 있었다. 하나는 집의 중간 즈음에 의원 간판을 옆에 둔 정식 의원 현관문이었고, 하나는 고래의 꼬리 부분이라고 부를 수 있는 창고에 나 있던 뒷문이었다.

살림집과 연못, 마당이 어느 정도 정리가 되자 엄마와 아빠는 본격적으로 의원을 개조해 선원들의 방을 만들기 시작했다. 덩달아 나도 방과후엔 엄마 아빠 옆에 붙어 고래 배 속을 구경하는 데 시간을 쏟았다. 마스크와 장갑을 낀 엄마와 아빠는 버리고, 쓸고, 닦는 일에 몰두했다. 열어놓은 창문 너머로 오후의 햇살이 바닥으로 쏟아지고, 작은 먼지들은 바닷속 플랑크톤처럼 공기중에 부유했다.

의원은 총 두 개의 넓은 공간으로 되어 있었다. 첫번째 공간은 원장실을 겸하는 진료실로 보였다. 그곳에는 의사가 앉아 진료를 보고 필기를 했을 커다란 나무책상과 네 개의 바퀴가 달린 검은 가죽의자가 있었다. 책상 서랍에는 한자로 쓰인 환자 기록 카드와 필기도구 같은 것들이 있었고, 맨 아래 서랍에는 청진기와 체온계, 설압자 같은 작은 의료 기구들이 있었다. 벽 중앙에는 녹색 칠판이 걸려 있고, 칠판의 맞은편 벽에는 키가 큰 철제캐비닛이 있었다. 캐비닛 안에는 과학 시간에나 볼 수 있었던 유리로 만들어진 정체를 알 수 없는 의료 기구들이 있었다. 천장이 높고 왠지 으스스한 분위기가 흐르던 이곳은 학교 과학실과 비슷한 느낌이었다.

진료실 옆 공간은 병원 침대가 나란히 놓여 있는 걸로 봐서 환자들이 주사를 맞거나, 입원실로 쓰이던 것 같았다. 갈색 인조가죽으로 된 일인용 침대 세 개가 나란하게 놓여 있었다. 나는 이제껏 침대를 사용해본 적이 없던 터라, 이 것을 우리 방으로 가져가겠다고 떼를 쓰기도 했지만 엄마 는 아무것도 만지지 못하게 했다. 눈에 보이지 않는 세균들 이 많다며 의원실의 집기나 물품들은 모조리 태우거나, 다음날 아침 쓰레기차에 실어 보냈다. 하지만, 엄마도 아빠도 의사선생님이 쓰던 책상과 의자는 버리기가 아까웠던지 서랍까지 일일이 닦아서 창고에 두었다.

이곳에 뱃사람들이 들어오기 시작한 건, 다음해 여름이 었다. 뱃사람들은 주로 웃통을 벗고 지냈고, 모두 태양에 그을린 피부를 하고 있었다. 그들은 한 방에 두 명씩 살기 도 하고, 인원이 줄면 독방을 쓰기도 했다. 집에 있을 때 면 주로 창고의 책상에 둘러앉아 화투나 포커를 치는 것 으로 시간을 보냈다. 뱃사람들의 출신은 다양했다. 텔레비 전에 나오는 서울말을 쓰는 사내도 있었고, 전라도 사투리 를 쓰는 사람도 있었다. 뱃사람들은 얼굴이 익숙해질 만하 면 사라지고, 다시 새로운 얼굴들이 나타났다. 모두가 뜨내 기였다. 당시에는 4대 보험도 없는 일당제로 일했고, 선주 와 마음이 맞지 않으면 쉽게 그만두고 떠났다. 뱃사람으로

서 욕심이 있는 선원이라면 유능한 선장, 기관사 밑에서 일을 배우며 두둑이 보너스를 챙기길 바랐다. 그래서 진성호는 선원들이 자주 바뀌거나, 늘 선원을 채우지 못해 전전긍긍했다.

의원실에 뱃사람들이 많아지면 엄마는 부엌에서 보내는 시간이 더 늘어났지만, 선원을 구하는 것이 쉽지 않기 때문에 열심히 뱃사람들의 밥을 짓고 빨래를 했다. 그래도 이렇게 하숙방을 제공한 덕분인지 진성호를 제법 오래 탔던 사람도 있었다. 그의 고향이 대전이라고 했던가, 충주라고 했던가. 그것 역시 내가 그 사람에게 직접 들은 것이 아니라, 어른들이 이야기할 때 흘려들었던 것이다. 가족이 없는 사람이라고 들었다. 사실 뱃사람들 대부분은 가족이 없거나, 가족이 없는 것처럼 행동했다. 남자는 말투만큼이나 행동도 어눌하고 느렸다. 어렸을 때 사고로 몸을 다치는 바람에 한쪽 다리가 다른 쪽보다 짧았고 그래서인지 늘 쓰러지듯 걸었다. 사람들은 그를 절름발이 김씨라고 불렀다. 불편한 몸 때문에 그는 인기 있는 선원이 아니었고, 한 사람이라도 아쉬운 진성호는 그의 좋은 파트너가 되어주었을 것이다.

절름발이 김씨. 검고 덥수룩하게 기른 머리, 입술 위에 난 까맣고 튀어나온 점. 어린 나는 뱃사람이라고 하면 무조건 노총각이라고 생각했는데, 생각해보니 그들은 지금의 나보다 어린, 서른도 안 된 이십대 중후반의 사내들이었다. 그는 일이 없는 날이면 마당에 있는 동백나무 근처에 앉아 하모니카를 불곤 했다. 마당에서든 동네 길가에서든 나와 우연히 마주치면 항상 공주님이라고 부르며 500원짜리 동전을 쥐여주었다. 그럴 때마다 나는 문방구 앞에 진열된 플라스틱 공주 인형처럼 어색한 웃음을 짓고 그 자리를 빠져나왔다. 남자는 늘 혼자였다. 다른 선원들처럼 술을 많이 마시고 목소리를 높이거나 물건을 깨는 일도 없었지만, 그래서인지 다른 선원들과도 잘 지내지 못했다. 조업이 힘든 겨울에도 그 남자는 다른 일자리를 찾지 않고 의원에 살았다. 겨울이면 주로 창고에서 하모니카를 불거나, 불편한 한쪽 다리를 끌며 마당을 천천히 왔다갔다하는 것으로 하루를 보냈다.

겨울과 반대로 장어의 계절인 여름이 되면 귀신고래 같은 집에 활기가 생겼다. 조업을 마치고 돌아온 아빠와 선원들이 마당에다 통발 몇 개를 던져놓고 우물물로 등목을 한다. 구멍이 숭숭 난 검은 플라스틱 통발 안에는 뱀 같은 장어가 온몸으로 고함치고 있다. 엄마는 장어의 괴로운 심정을 모르지 않으면서도 무심히 못이 박힌 나무도마와 칼을 마당에 내어놓는다. 아빠는 통발을 열어 구불거리는 장어의 목을 조르고 대가리에 못을 박아 고정시킨다. 피를 흘리기 시작한 장어는 꼬리에 온 힘을 실어 살려달라며 도마를 때린다. 하지만 아무도 들어주는 사람이 없다. 주위에 있던 선원들도 장어의 목을 꺾느라 이미 손이 바쁘다. 도마 위에서 목이 잘린 장어는 이내 껍질이 벗겨지고 하얀 피부가 드러난다. 장어의 몸이 배배 꼬이기 시작할 때다. 날카롭게 갈아둔 칼로 장어의 등을 날렵하게 가르면 꺼뭇한 내장과 붉은 피가 도마 위로 흐른다. 그래도 아직 꼬리만은 포기라는 것을 모르고 제발 그만 좀 하라고 아우성친다.

가끔 하모라고 부르는 갯장어가 들어올 때는 긴장감이 조금 더 흐른다. 하모는 붕장어보다 몸이 굵고, 맛이 좋아 값이 더 나가는 장어다. 붕장어보다 눈에 띄게 포악하게 생겼다. 이빨은 톱니처럼 날카롭고 한번 물면 놓는 법이 없어

잘못하면 손가락이 잘릴 수도 있다고 아빠가 겁을 준다. 하모를 가지고 오는 날이면 아빠와 선원들은 더 자주 웃었다. "오늘은 하모다"라고 아빠가 소리치면, 나는 겁이 나서 가까이 가지 못하고 동백나무 아래 앉아 그것들이 하얗게 해체되어가는 모습을 지켜보았다. 회 뜨기가 끝나면, 마당이 훤히 보이는 마루에 둥근 상이 차려지고 그 가장자리로 우리 가족과 뱃사람들이 모두 둘러앉아 아나고를 썰었다. 뱃사람들은 어린 내가 빨간 초장에 아나고를 찍어 쌈을 싸 먹는 모습을 동백꽃 보듯 쳐다봤다. 식사가 끝나면 아빠와 뱃사람들은 마당에서 맨발로 서서 물 호스를 잡고 마당에 고인 피를 씻어냈다. 동백나무와 야자수, 깊은 우물이 있던 마당 위로 장어의 검은 껍질과 빨간 핏물이 배수구를 향해 곤두박질쳤다.

아빠는 내가 요즘 무엇을 쓰고 다니는지 전혀 짐작도 못할 것이다. 그러고 보면 나는 아빠에게 나에 관한 이야기를 한 번도 해본 적이 없다. 내가 무엇을 좋아하고, 머릿속으로 어떤 생각을 하는지 아빠는 상상도 못할 것이다. 그러니 아빠는 남들은 가정을 이루고 아이를 낳을 나이에 다니던 치과를 그만두고 백수가 된 내가 조금은 못마땅한 눈치다. 그래도 지난 일 년 동안 호주에서 막노동을 하며 돈을 모으던 모습이 측은해 보였는지 오늘 아침에는 도서관에 가는 나를 불러 신용카드 한 장을 내밀었다.

"앞으로 밥은 이걸로 사 먹고, 어쨌든 좋은 글을 써라."

좋은 글이라는 말에 나는 무엇인가에 덴 듯 얼굴이 화끈거려 버스 시간이 촉박하다며 자리를 얼른 피했다. 아빠가 좋은 글이라고 기대하고 있는 이번 글은 아빠의 가장 어두웠던 시절, 잊고 싶어하는 기억에 대한 이야기이니까.

아빠는 이제 술을 고래처럼 마시지도 않고, 피투성이가 되어 집에 돌아오는 일도 없다. 특히, 언니의 첫째 딸 지우가 태어났을 때는 마치 당신이 새로 태어난 것 같았다. 매일 지우가 좋아하는 음료를 사다 나르며 지우의 이마에 대고 사랑한다고 말했다. 언니가 지우와 함께 집에 오면, 현관문 앞까지 달려나가다가도 아차 하고 식탁 위에 사다놓은 세정제로 먼저 손을 닦았다. 나와 언니가 무심결에 나눈 대화들, 텔레비전 육아 프로그램에서 전문가 선생님들이 하는 말을 유심히 들은 다음 그대로 지우에게 했다. 이런 모습은 내가 어렸을 때는 전혀 상상조차 할 수 없었던 아빠였다. 지우를 어르고 있는 아빠를 보며, 우리는 누구나 인생의 지우개를 필요로 하는 게 아닐까 하는 생각을 했다.

7

귀신의 집 앞에서 ㄷ은, 마치 꿈속 한 장면에 서 있는 기분이라고 했다. 동그랗게 눈을 뜬 그와 달리 나는 자꾸 실망스러운 기분이 든다. 내 몸이 두 배로 커져버렸기 때문인지 이십 년 만에 본 이 집은 내 기억 속 모습보다 훨씬 작고 초라했다. 슬레이트와 기와가 여기저기 얽혀 있는 지붕은 태풍 때문인지 밧줄로 꽁꽁 묶여 있고, 고래의 머리 부분인 살림집 지붕과 벽은 이미 내려앉아 있었다. 현재 살고 있는 사람들은 선원들이 쓰던 의원 건물에서 생활하고 있는 듯했다. 집주인은 현관문도 활짝 열어놓은 채 어디론가 외출하고 없다.

마당 옆 텃밭은 그대로였지만, 상태를 보니 공을 들여 가꾸고 있는 식물은 없어 보였다. 잿빛에 가까운 흙 위로 는 삐죽삐죽 솟은 잡초들만 어수선하게 자라고 있다. 동백 나무는 여전히 같은 자리에 있었지만, 옛날보다 몸집이 줄 어 있었고 그마저도 마구잡이로 나 있는 다른 나무들에 의 해 가려져 눈에 띄지 않았다. 이 집은 마치 세탁기에 실수 로 들어갔다 나온 스웨터처럼 전체적으로 쪼그라든 느낌이 었다. 동백나무 가까이 다가가자, 마당 구석에 있던 백구가 꼬리를 세우고 컹컹 하고 짖었다. 백구의 목을 잡고 있는 쇠사슬이 짧다는 것을 확인하곤 동백나무 잎사귀 하나를 떼어 티셔츠에 닦아 그에게 건넸다. 먼지가 얇게 쌓여 있던 잎사귀는 소매로 몇 번 닦아내자 금세 매끄럽게 윤이 났다. ㄷ은 동백나무 잎은 처음 본다며 손에 쥔 잎사귀를 조심스 럽게 바라봤다.

아빠와 뱃사람들은 이 동백나무 앞에 모여 담배를 피우 거나 수다를 떨곤 했다. 사방이 추워져야 살며시 고개를 드 는 동백꽃은 단순한 생김새와는 어울리지 않게 강렬한 색 을 가지고 있다. 피처럼 붉은 꽃잎과 노란 가루를 묻힌 수

술. 특별한 향기가 없기 때문에 이런 색이 아니면 벌을 불러들일 수가 없기 때문이라 한다. 나 역시 이 동백나무를 좋아했지만, 내 관심은 언제나 잎이었다. 촘촘한 톱니가 나 있는 가장자리와 혈관처럼 퍼져 있는 잎맥을 가진 진녹색 잎은 잘 닦인 구두처럼 광택을 낸다. 가죽처럼 질기고 튼튼한 잎 하나를 떼어내어 냄새를 맡고 입술에 비비는 버릇이 있을 정도였다. 동백 잎을 든 그가 검지로 잎 표면에 선을 그리다가 문득 뭔가가 떠올랐다는 듯 말했다. "그런데 이 나무 옆에 우물이 있다고 하지 않았어요?" 그의 말을 듣고 보니, 정말로 우물이 사라지고 없다. 동백나무에서 마당 안쪽으로 분명 우물이 있었는데, 감쪽같이 사라지고 없다. 동백나무 옆에 전봇대처럼 높이 솟은 야자수는 아무것도 모른다는 듯 부채 같은 잎을 조그맣게 흔들고 있다. 백구는 여전히 꼬리를 세우고 우리를 의심하는 일을 멈추지 않는다. 그런데 우물은 어떻게 된 걸까? 누가 메워버린 걸까? 언젠가 이 귀신고래 같은 집도 우물처럼 감쪽같이 사라져버릴 수도 있겠다는 생각이 들자 이상한 기분이 되었다.

그때 백구가 공중으로 앞발을 차올리며 꼬리를 흔들었다. 집주인이 근처에 왔음을 직감하고 얼른 ㄷ의 손을 잡고

고래의 꼬리 부분인 창고로 숨었다. 지금도 여전히 문이 달려 있지 않은 창고 안은 벽돌 하나만한 크기의 구멍 외에는 특별한 창문이랄 것이 없었다. 푸세식 변소가 있던 자리의 문을 열어보니 수세식 좌변기로 바뀌어 있었다. ㄷ이 창고에 있는 여러 잡동사니 중에서 의사선생님 책상을 발견하고 손으로 가리켰다. 나는 고개를 끄덕였다. 잠시 뒤, 창고에서 나와 옆집과 이어진 뒷문으로 조심스럽게 빠져나왔다.

이 집의 입장에서 봤을 때 우리 가족은 꽤 벅신거리다 사라진 편이었을 것이다. 나는 이곳에서 인생의 열두번째 여름을 맞았고, 그해 여름에 몰아쳤던 태풍처럼 정신을 차리기 힘들었다. 전화기가 자주 크게 울었고, 엄마 아빠의 목소리가 늦은 밤까지 들렸다. 아빠는 다시 고래처럼 술을 마시기 시작했다. 선원들도 다 떠나버려 의원실과 창고는 휑하게 비어 있었다. 한밤중에 누군가 대문을 세게 두드리기도 했으며 돈을 내놓아라 외치는 소리도 들렸다. 아빠는 낮이건 밤이건 소주를 마시며 이남이의 〈울고 싶어라〉를 불렀다. 아빠는 하고 싶은 것이 아무것도 없는 사람처럼 보였고, 정말 아무것도 할 수 없어 보였다. 진성호는 그 여름 폭풍 속으로 감쪽같이 사라져버렸고, 덩달아 배에 있던 선원들도 함께 사라져버렸기 때문이다. 아빠는 자면서도 한숨을 쉬었고, 살다보면 뭘 해도 안 되는 시절이 있다고 잠꼬대처럼 말했다. 어쩌면 누구에게나 그런 시절이 있을지도 모른다. 어디서부터 잘못된 건지 알 수도 없고, 그래서 결국 누구도 탓할 수가 없는 모든 것이 아빠를 중심으로 움직이던 그 시절, 나는 덩달아 운이 없었던 것이리라.

몇 달 뒤, 우리는 몇 가지 살림살이를 싣고 흰색 트럭에 올랐다. 울산으로 간다고 했다. 트럭 뒷좌석에 언니와 옆으로 포개 누워 고속도로를 달리며 한쪽 다리가 짧던 뱃사람에 대해 생각했다.

나는 아홉 살이었고, 아침부터 비가 내리던 날이었다. 장화를 신고 작은 우산을 챙겨 학교에 갔는데 집에 갈 때 보니 우산이 사라져버렸다. 결국 친구 우산을 얻어 쓰고 오다가 상록수림에 와서는 손등을 포개 하늘을 가리면서 종종걸음을 해야 했다. 장화의 어디가 찢어진 건지 한쪽 발이 축축하게 젖어 온 신경이 한쪽 장화에만 집중되어 있었다. 상록수림에서 막 빠져나왔을 때, 내 앞으로 다시 작은 그늘이 생겼다. 위를 올려다보니 절름발이 김씨였다. 남자의 검은 우산을 쓰고 함께 집으로 가는데 느리게만 보였던 남자의 걸음은 생각보다 빨랐다. 구멍난 한쪽 장화 때문에 나 역시 쓰러질 듯 걷고 있었다. 집에 도착하니 다들 어디를 나간 건지 기척도 없이 넓은 집이 비어 있었다. 마루에 앉아 힘들게 장화를 벗고 빗물로 축축해진 양말을 벗자 발가락이 바다 생물처럼 쪼글쪼글해져 있었다.

그때 남자가 다시, 마당에 나타났다. 아빠가 오면 전해줄 무언가가 있다고 창고로 가자고 했다. 젖은 양말처럼 꿉꿉한 기분이 들긴 했지만, 그래도 친구가 없던 남자를 배려해서 창고로 갔다. 흐린 날이라 창고 안은 새벽처럼 어둡고 조용했다. 잠깐 앉아 있어보라며 의사선생님이 쓰던 책상 위에 나를 앉혔다. 그때 겨드랑이를 잡아올리던 남자의 손이 덜덜 떨리면서 갑자기 내 입술에 입을 맞췄다. 영문을 몰라 가만히 있으니 남자가 내 입술을 벌려 자신의 혀를 넣었다. 이 상황은 여전히 이해가 가지 않았고 축축한 혀의 느낌은 반갑지 않았다. 사실 그때까지만 해도 나는 창고 안에 있던 자재들처럼 어리벙벙한 기분이었다. 내가 의외로 침착하게 있자 남자가 고무줄로 된 추리닝 바지를 허벅지 아래까지 내렸다. 그리고 내 손을 잡아 자신의 성기에 갖다 대면서 손으로 만져달라고 했다. 물렁한 남자의 성기가 내 심장박동 소리에 맞춰 점점 커졌다. 그제서야 나는 비로소 이 수상한 행동의 정체를 알아냈다. 두려움보다는 불쾌감에 가까웠다. 이런 상황이 너무 억울해 눈물이 났다. 내가 입을 크게 벌리고 소리내어 울자 남자가 내 입을 막으며 바지를 추켜올렸다. 주머니에서 500원짜리 동전을 꺼내 손에 쥐여주고는 아무에게도 말해선 안 된다고 하며 나를 놓아 주었다.

한참 뒤에 엄마와 언니가 집에 왔을 때 나는 이미 이불 속에 들어가 잠이 든 후였다. 그날은 저녁밥도 먹지 않겠다고 하고 계속 잠을 잤다. 비는 다음날 아침에도 내렸다. 지겨운 장마의 시작이었다.

8

그때 그 남자가 신신당부하지 않았더라도 나는 그 사건을 누구에게도 말할 생각이 없었다. 그것은 그 남자를 제외하고는 오직 나만이 아는 일이었다. 나 역시 잊으려 깊이 묻어두었기 때문에 나조차도 가끔 그 일이 정말 있었던 일이었을까? 하는 생각이 들 때가 있다. 하지만, 어떤 장면은 아직도 선명하게 기억난다. 벽돌 두 개 크기만한 구멍으로 희미하게 들어오던 빛이라든지, 포경이 되어 있지 않은데다 음모가 하나도 없어서 크기 외에는 어린아이들의 것과 다르지 않았던 남자의 성기 같은 것. 그것은 내가 억지로 만들어낼 수 없는 기억이었다.

내가 오랜 시간 동안 누구에게도 이 사건에 대해 말하지 않았던 이유는 단순했다. 불쾌한, 그리고 이미 일어나버린, 그리고 내 의지와는 전혀 상관없었던 일을 누군가에게 터놓는 건 아무래도 좋을 게 없었다. 그런 것쯤은 아홉 살 아이도 충분히 알고 있다. 나와 가장 가까운 사람들에게 털어놓으면 그들이 힘들어하는 모습을 봐야 하니 더욱 괴로울 것이었다. 만약 그때 아빠에게 이 일을 털어놓았다면 어떻게 되었을까? 아마 귀신 같은 집이 발칵 뒤집히고, 칼부림이 났을지도 모를 일이었다. 마음이 약한 엄마는 아마 나보다 더 괴로워할 것이라 생각하니 나 하나 괴롭고 말지 싶었다. 하지만 그때 내가 무엇보다 두려웠던 것은 결국 아무것도 바뀌지 않을지 모른다는 생각이었다. 나는 나와 비슷한 일을 당했던 아이들을 이미 알고 있었다.

학교 아래 개미집처럼 작은 집들이 촘촘하게 모여 있던 곳에 할머니와 살던 여자아이. 워낙 작은 학교라 나보다 한 학년 위였음에도 우리는 그 아이가 해녀 할머니와 단둘이 살고 있다는 것을 알고 있었다. 아이는 방과후에도 곧장 집에 가지 않고 혼자 운동장 구석에서 모래놀이를 하며 놀았다. 할머니가 물질하고 돌아올 때까지 아이가 혼자 있어야하는 건 집이나 학교 운동장이나 마찬가지였을 것이다. 그 뒷집에 혼자 사는 남자 노인이 종종 그 아이의 끼니를 챙겨주었다고 했다. 그러던 어느 날, 그 노인이 아이에게 밥만 먹인 게 아니라는 사실이 알려졌다. 이런 이야기가 어떻게 처음 알려지게 된 건지는 알 수 없었으나 아마도 수상함을 느낀 이웃집 사람들이 아이를 불러 물었을 테고, 아이는 결국 그 노인이 자기의 몸 위에 올라와서 수영을 하듯 움직여보라고 했다고 털어놓았다. 노인은 자신의 몸 위에서 수영을 하면 착하다고 먹을 것을 주고, 노인의 말을 듣지 않으면 겁을 주고 괴롭혔다고 했다. 이 소문은 어느새 학교 담장을 넘어 마을 전체로 퍼졌다. 나와 친구들은 그 조용한 아이가 왜, 노인의 몸 위에서 수영을 해야 했는지 이해할 수가 없었지만, 동네 아줌마들은 분노했다. 하지만 이런 분노는 결국 아이를 위한 해결책이 되어주지 못했다. 여느 소문이 그러하듯, 결국 소문은 계속 꼬리를 물었다. 사실 아이 할머니와 뒷집 노인이 예전에 그렇고 그런 사이였다는 이야기부터 혹시 그 딸도 그렇게 당해서 그 아이를 낳은 게 아니냐는 황당한 추측도 들렸다. 결국 이 사건은 사람들의 상상력만 자극시킨 뒤, 어느 순간 공중에서 흩어졌고, 결국 남은 건 늙은 영감 몸 위에서 수영을 한 아이밖에 없었다. 모두가 아이를 보고 수군거렸다. 아이는 몇 번이나 교무실에 불려갔고, 경찰이 두 집을 다녀가기도 했지만, 달라진 건 아무것도 없었다. 말이 없던 아이는 더욱 말이 없어졌다. 노인은 여전히 아이의 뒷집에 살았다.

학교에 다니지 않았던 정신지체 남매. 만약 학교를 다녔더라면 중고등학생 정도 되었을까? 그들이 정말 남매 관계인지, 아니면 어느 시설에서 함께 도망을 친 건지 자세히 아는 사람은 없었지만, 그래도 사람들은 그들을 남매라고 생각했다. 딱히 보호자도 없어 보이고, 일정한 거처가 없어 제대로 먹지 못할 텐데도 둘 다 통통했다. 남매가 동네 우물가를 얼쩡거리고 있으면 동네 꼬마들은 동물원 원숭이에게 하듯 과자를 얄궂게 던졌다. 남매는 신이 나서 땅에 떨어진 과자를 주워먹었다. 머리카락은 둘 다 짧고 여기저기 뭉쳐 있었다. 둘 다 커다란 덩치에 짧은 상고머리였기 때문에 얼핏 보면 형제처럼 보였지만, 그들을 남매라고 짐작할 수 있었던 건 둘 중에 키가 더 큰 쪽 아이가 뛸 때마다 흔들리던 가슴 때문이었을 것이다. 브래지어를 하지 않아 늘 지저분한 티셔츠 위로 유두의 위치가 선명하게 보였다. 남들이 무슨 생각을 하든 그들은 잘 웃었다. 나와 친구들이 해가 지기 전까지 미조중학교 운동장에서 모래놀이를 하고 있으면 그들은 철봉에 대롱대롱 매달리거나 조그만 아이들에게 구걸을 하기도 했다. 초등학교 고학년 남자아이들은 남매를 놀리고 때렸고, 학교 외부에 있는 화장실 건물 주위에서 담배를 피우던 고등학교 오빠들은 가끔 남매를 화장실로 데리고 가기도 했다. 우리는 그 안에서 어떤 일이 일어나고 있을 것이라 예상했지만, 누구도 그곳에 가보지 않았다. 무섭기도 했고, 그곳에 간다고 해도 어떻게 해결할 수 있을지 알지도 못했다. 우리는 여전히 모래를 만지고 놀 뿐이었다. 그들 남매의 눈으로 본 세상은, 화장실에 들어가기 전과 나온 후가 다르지 않았을 것이다. 나 역시 그 무기력한 세상의 배경이었던 것이다.

성인이 되고 나서는 부러 말해봤자, 결국 스스로 주홍글씨를 새기는 거나 다름없는 일이라고 생각했다. 모든 일을 프로이트식으로 해석하는 사람들에게 내 현재를 그것으로 판단받고 싶지 않았다. 동정 같은 감정 역시 나는 필요 없었다. 나는 그저 그 사건이 내 인생에 어떠한 영향도 끼칠 수 없도록 노력했다. 특히나 나의 연애나 성생활에 있어서 더욱 그랬다. 나의 첫 상대는 고등학교 시절, 내가 좋아하던 밴드부의 베이시스트였다. 우리는 친구 사이였지만, 내가 조르다시피 해서 첫 관계를 가졌다. 내가 원하는 사람과 내가 원할 때 관계를 가진다는 모토로 성과 사랑에 있어서 언제나 능동적으로 행동했다. 하지만 그 사건을 ㄷ에게 털어놓고 나서 나는 결국 그 일에서 자유롭지 못했다는 것을 인정해야만 했다. 영향을 주지 않도록 노력했던 자체가 결국 그 일에 영향을 받은 결과였다. 내가 늘 능동적이었던 이유는 피동적인 상황, 다시 말해 피해자의 기분을 느끼고 싶지 않았기 때문이었다. 첫 경험 이후 여러 남자들과 관계를 가졌지만, 돌이켜보니 나는 언제나 그들을 절름발이 뱃사람이라 생각하고 복수의 화살을 쏘고 있었다. 원나잇 스탠드는 죄악이라 말하는 남자를 꼬셔내고는 자책감에 빠진 남자를 한심하다 생각했다. 좋아하는 여자가 있는 남자들이 육체의 욕망을 제어하지 못하는 모습을 보는 것을 즐겼다. 나의 냉정함에 지쳐 우는 연인들을 보는 것에 희열을 느끼기도 했다. 하지만 어느 순간, 이 복수심이 결국 나를 사랑해주었던 남자들과 나 자신에게 향해 있었다는 것을 깨닫게 되었다.

먼저 돌을 던진 건 내가 아니라 세상이었다고. 수술을 한 뒤, ㄷ의 침대에 꼼짝없이 누워 있게 되었을 때 나는 이 사건을 결국 내 자신에 대한 변명으로 이용했다. 아이들에게 세상은 너무 잔인하고, 사랑을 하기에 세상은 너무 더러워져 있지 않은지. 하지만 나는 이미 그 세상 속 한 명이 되어 있었다. 잘못된 대상에게 마구 쏘아버린 화살은 결국 자신에게 돌아와 모두 정확히 명중하는 것을 나는 보았다.

비교적 규칙적이던 생리가 2주째 미뤄지고 있었다. 아침에 일어나면 혹시 암 같은 게 생긴 건 아닌가 싶어 제일 먼저 양쪽 가슴을 더듬어보기도 한다. 어제부터는 가슴이 답답한 증상이 더욱 심해져서 오늘은 병원에 가봐야 하지 않을까, 그렇다면 어느 과부터 가야 할까, 생각하며 누워 있었다. 천장을 보고 바르게 누워서 복식호흡에 집중하니 그나마 숨쉬기가 조금 편안해졌다.

그때 엄마가 방문을 열었다. 오늘 도서관에 안 갈 거면 절에 따라가잔다. 오늘은 엄마가 다니는 절에 대법회가 있다고 했다. 평상시라면 불상 앞에 다 같이 모여 '자신 혹은 가족의 안위'를 위해 엎드려 절을 한다는 것이 좀 우스워서 거절했겠지만, 오늘은 이상하게 한번 가보자 싶었다. 어차피 이렇게 누워 있어도 숨쉬기가 힘들 정도라면 차라리 목탁 소리에 집중해서 숨이나 좀 쉬어보자고 생각했기 때문이다.

절 입구에서 주차할 곳을 찾느라 같은 자리를 몇 번이나 돌았다. 엄마는 오늘이 백중 천도재의 마지막날이라 이렇게 사람들이 많다고 했다. 천도재라면, 죽은 사람을 위해 기도하는 그런 것 아닌가. 몇 번이나 같은 자리를 도는 차 안에서 '사람은 죽어서도 서로를 피곤하게 만드는구나' 하는 생각을 했다.

엄마를 따라 법당에 앉아 스님의 염불을 듣기 시작한 지 얼마나 되었을까. 지금 이곳에 모인 이들은 본인 스스로를 위해서가 아닌, 지금 이 세상에 존재하지 않는 존재를 위해 무릎이 닳도록 기도를 하고 있는 것이라는 생각이 들자, 갑자기 눈물이 솟았다. 그렇게 솟은 눈물은 마치, 잠금장치가 고장난 수도처럼 쏟아져나왔다. 내가 갑자기 이렇게 하염없이 울자, 주변 사람들의 눈이 나에게로 모였다. '내가 왜 이러지, 울지 말아야지.' 입술을 꼭 깨물어보는데도 눈물은 인정사정없이 쏟아졌다. 허리가 굽은 할머니가 낡은 가방에서 휴대용 티슈팩을 건네주었다. 인사를 하는 둥 마는 둥 한 손에 잡고 뽑아낸 티슈 두 장은 코 한번 푸는 걸로 끝나버렸다. 나 역시도 이제껏 본 적 없었던 양의 눈물이었다.

문득 몇 년 전, 흑백 모니터로 보았던 내 배 속에 있던 씨앗 하나가 생각났던 것이다. 당시에는 그것에 대해 깊이 생각할 시간이 없었다. 깊이 생각해봤자 달라질 것이 없었고, 시간을 끌면 더 힘들어질 뿐이었으니 서둘러 일을 진행하고 잊어버리려 했다. 그 씨앗이 흡입기로 빨려들어가지 않았더라면 지금쯤 세 살이나 네 살쯤 된 아이가 되었을 것이다. 생각이 거기까지 미치자, 성별을 알 수 없는 짧은 머리 꼬마와 그 옆에 아이의 손을 잡고 선 ㄷ의 뒷모습이 보였다. 천도재가 정확히 어떤 것이고, 무엇을 위해, 어떻게 진행되는 것인지는 알 리가 없었지만, 눈을 감고 있으니 맨 앞줄에서 염불을 외며 길을 안내하는 스님과 그뒤를 따라 걸어가는 수많은 뒷모습이 보였다. 그 사이에 그 둘이 있었다. 나는 잘 가라는 말도, 다시 와달라는 말도 할 수가 없어서 그냥 두 시간 동안 그 뒷모습만 보며 울고 있었던 것이다. 그들은 지금 어디로 가고 있는가. 고통도 괴로움도 없는 좋은 곳으로 가고 있겠지? 이제 그곳에서 평안한 마음을 찾을 수 있을까? 끝없이 이어지는 목탁 소리는 그들의 발걸음을 재촉한다. 결국 그 둘은 뒤도 한번 돌아봐주지 않고 사람들 무리 속에 스며들어 천천히 멀어졌다.

천도재의 마지막은 색색의 종이를 떼어낸 후 옥상으로 올라가 모아서 태우는 것으로 끝이 났다. 시계를 보니, 어느덧 세 시간이 지나 있었다. 긴 줄을 서서 절밥을 얻어먹는 동안 나는 엄마가 왜 그렇게 울었냐고 물어볼까봐 조마조마했다. 집에 도착하니 목이 심하게 말라 물 두 잔을 연거푸 마셨다. 물을 마시고 나니 한결 숨쉬기가 수월해졌다. 명치를 눌러보니 예전처럼 딱딱하지 않았다. 침대에 누워 있으니 엄마가 문을 열고 들어왔다. 그리고 아무 말 없이 책장에서 『영가천도』라는 불교 책을 꺼내주었다. 침대에 엎드려 반 정도 읽었을까. 요의가 느껴져 화장실에 가보니 생리가 시작되었다. 내일은 정말로 병원에 가봐야겠다는 생각을 하고 있었는데……

초경을 시작한 소녀처럼 놀라 J에게 전화를 했다. 오늘 있었던 일을 이야기하며, 다시 태어난 기분이라는 말만 계속했던 것 같다.

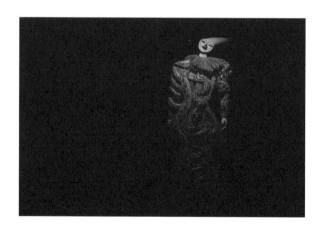

9

마취에서 깨어났을 때, 그가 병원에 와 있었다. 내가 며칠
연락이 되지 않자, 나와 같이 사는 친구에게 물어본 것 같
았다. 아랫배가 회칼에 베인 것처럼 쓰리고 아프다. 불과
몇 분 전, 나는 마스크를 쓴 의사와 간호사와 함께 작전 모
의를 하듯 모여 배 안에 붙은 씨앗을 떼어내었다. 회복실에
서 영양제를 맞고 있는 동안 그는 어쩔 줄 모르는 표정으
로 서 있었다. 링거 안의 투명한 액체가 뚝뚝 눈물처럼 떨
어지며 관을 통해 몸속으로 들어오고 있다. 어느 정도 시간
이 흐른 뒤, 그는 준비해온 담요로 내 등을 감싸서 그의 차
에 태웠다. 병원을 벗어나자마자 한강이 보였다. 그는 종이

로 만 담배에 불을 붙여주고는 우리가 자주 들었던 음악을 틀었다. 몇 번 숨을 크게 들이마시고 연기를 뱉어내자 머리와 몸이 강물 아래로 천천히 가라앉는 기분이 들었다. 양쪽에 솟은 빌딩들이 내 눈앞으로 쓰러졌다. 그대로 잠이 들었다가 깨어보니 어느새 그의 집 앞이었다.

우리는 어디서부터 잘못된 것일까? 그러니까 사랑은 언제부터 우리 곁에 왔던 것일까?

ㄷ과 나는 남들이 연애라고 부를 만한 것을 하고 있으면서도 서로를 애인이라고 부르지 않았다. 일단 그는 사랑을 믿지 않았다. 사랑이란 그저 성욕에 기반한 감정에 불과한 것인데 그것 때문에 시간을 버리고, 밤새 울고, 심지어 자살을 선택하는 사람들을 멍청하다고 생각했다. 그래서 아이를 만들고 가정을 꾸리는 것은 스스로 만든 감옥에 갇히는 꼴이라 생각했다. 그렇게 사랑이라는 감정에 빠져 인생을 허비하는 시간에 좀더 발전적인 일을 하는 편이 인류학적으로 더 도움이 될 것이라고 했다.

그가 사랑이라는 것을 무시하는 쪽이라면 나는 사랑에

프로페셔널했다. 이제껏 많은 연애를 해온 내게 사랑은 취미이자 특기였다. 나를 사랑하는 남자들과 그것을 즐기는 내 모습을 보는 것은 즐거운 일이었다. 연인들은 언제나 친구처럼 편했고, 어떤 선생님보다 많은 걸 가르쳐주었으며, 아빠보다 믿음직스러웠다. 나는 이별에도 역시 프로페셔널했다. 이별의 고통은 잠시뿐이다. 이별이야말로 새로운 것을 가져다주는 묘약이라는 것을 나는 이미 깨닫고 있었다. 내가 그를 만나기 전까지. 그가 나를 만나기 전까지. 우리는 각자 사랑을 그렇게 정의하고 즐기며 즐거운 인생을 살고 있었다.

그러다 우연히 그의 휴대폰에서 다른 여자와 찍은 섹스 동영상을 봤을 때, 그리고 그 폴더 안에서 내 이름을 발견했을 때, 나는 우리의 연결고리가 다시 이어질 수 없다고 생각했다. 그는 그 영상들은 그저 내가 지난 연애를 이용해서 섹스칼럼을 쓰는 것과 같은 일이라 해명했다. 단순히 본인 소장용으로 그것들을 갖고 있다고 할지라도 나는 그것에 대해 아는 바가 전혀 없었고, 어떠한 변명도 듣고 싶지 않았다. 그의 휴대폰과 노트북을 모조리 빼앗아 컴퓨터 보안업체에 넘겨놓고 이제 그를 다른 세계의 사람이라고 머 릿속에 입력하기 시작했다. 그는 매일 집 앞으로 찾아와서 울었다. 휴대폰도 컴퓨터도 다 빼앗겨 이렇게 찾아오는 것 말고는 할 수 있는 게 없다고 했지만, 더이상 내 알 바 아니 었다. 모든 데이터를 완전히 삭제한 컴퓨터와 휴대폰을 돌 려주면서 우리는 이제 다시 만날 이유가 없다고 확실하게 못박았다. 나는 예전처럼 프로페셔널하게 그의 자리를 다 른 인물로 채워넣고 있었다.

새로운 남자들의 메시지가 하나둘씩 휴대폰에 쌓이기 시작할 때 즈음, 잡지 몇 군데에서 섹스칼럼을 써보지 않 겠냐는 제안이 들어왔다. 답답한 마음에 트위터에 이런저 런 이야기를 올리며 친구들과 놀던 때였는데, 미혼 여자가 본인의 사진을 걸어놓고 섹스에 관한 이야기도 스스럼없 이 하는 것이 사람들의 눈엔 신기하게 보였나보다. 한 잡지 에 글을 싣게 되니, 다음은 더욱 순조로웠다. 안개에 휩싸 여 형체를 짐작할 수 없었던 산의 꼭대기가 드디어 희미하 게 보이는 것 같았다. 게다가 블로그에 썼던 여행기를 투고 한 것도 긍정적으로 검토하고 있다는 출판사의 답변을 받왔다. 이제 나는 정말 작가가 될 수 있는 걸까? 목적지가 눈에 보이니 가야 할 방향은 쉽게 정해졌다. 아직 일정한 고정 수입이 생긴 것은 아니었으니 일단 아르바이트를 하며 생활비를 벌자고 생각해서 집 근처 바에서 시급 만 원짜리 아르바이트를 시작했다. 내가 새로운 세계에 적응해가는 동안 그는 나에게 날마다 이메일을 보내고 있었다.

이제껏 사랑을 인간의 유치한 감정쯤으로 알고 있었는데, 아닌 것 같아요. 이것은 정말 어마어마하게 거대한 것이라 나는 겁이 날 정도입니다. 나라는 존재가 해체되는 기분이에요. 여자 때문에 죽는 사람들을 보면 예전에는 한심하게 생각했었는데 이제는 이해가 되기도 해요. 지금 이 감정을 벗어나기 위해서는 그냥 깔끔하게 내 존재를 삭제해버리는 것 외엔 방법이 없는 것 같아요. 누나를 만나고 있을 때는 그저 몸이 잘 맞는 섹스 파트너 정도로만 생각했었고, 솔직히 사귀는 것도 좀 부담스러운 정도였는데 나는 왜 갑자기 이렇게 된 걸까요. 누나. 다시 만나고 싶어요. 보고 싶어요.

이런 내용의 메일들이 어떤 날은 짧게, 어떤 날은 아주

길게 쓰여 있었다. 나는 그저 건성으로 스크롤을 내리며 '사랑은 다른 사랑으로 잊혀지는 법이야' '나는 너와 다시 만날 생각이 없어. 이미 끝난 일이야' 하는 식의 답장을 했다. 한동안은 일이 바빠 메일 확인도 미루고 있었더니, 그는 답장을 기다리는 것도 지쳤는지 내가 일하는 가게로 불쑥 찾아왔다. 집 근처 바에서 아르바이트를 하고 있다는 내 트윗을 보고 무작정 집 주변 바를 돌다가 두 번 만에 내가 일하는 곳을 찾았다고 했다.

그는 얼핏 봐도 체중이 많이 줄어 있었다. 나는 이미 새로 만나는 남자들이 있었고, 달리 할말도 없어 어떻게든 좋게 타일러서 돌려보내야겠다는 생각을 하고 있었다. 그가 나를 보고는 안도의 한숨을 쉬며 아무거나 술을 달라고 했고, 그런 그를 타이르려고 "원한다면 아는 누나, 동생으로 지내줄게"라고 말하는 나를 그저 조용히 바라보고 있었다. 사실 그때까지만 해도 사는 데 아무 문제가 없는 그가 뭐가 아쉬워서 나에게 이렇게까지 매달리는지 이해가 되지 않았다. 최근 한 잡지에 고정으로 섹스칼럼을 쓰기 시작했다는 이야기와 그리고 운이 좋으면 내년쯤 내가 쓴 책을 서점에서 볼 수 있을 것 같다는 이야기를 해도 그는 그저 고개를 끄덕일 뿐이었다. 앞으로 조금만 버티면 드디어 글을 써서 먹고살 수도 있지 않겠냐며 나도 모르게 들뜬 표정을 짓자 그제서야 그도 거울처럼 덩달아 조금 들뜬 표정을 지었다.

나는 연애 근황에 대해서도 솔직하게 말했다. 요즘 세 명의 남자와 데이트를 하고 있는데, 그중에 한 명과 좀 진지하게 만나볼까 한다고 했다. 그 남자는 성기가 18센티는 될 거라고도 덧붙였다. 이런 이야기에도 그는 여전히 별다른 말없이 멍청한 표정으로 나를 올려보고 있었다. 나는 살짝 미안한 생각이 들어 이번에는 내가 한잔 사겠다고 그의 빈 잔을 들었다. 그러자 그가 차를 가져와서 더이상은 못 마신다고 말하며 자리에서 일어났다. 그리고 무언가 확신에 찬 목소리로 말했다.

"누나. 우리 정식으로 사귀는 건 어때요? 저는 지금 사랑이라는 존재를 확실히 느끼고 있어요. 사랑은 지금, 너무나 명확하게 우리 앞에 와 있어요. 모르겠어요?"

주량이 제법 센 그였지만, 오늘은 마티니 한 잔에 취해버린 것 같았다. 그가 도대체 무슨 말을 하고 있는지 이해가 되지 않아 어리둥절하게 서 있으니 그런 내 표정을 보곤 곧 눈물을 쏟을 것처럼 말했다.

"지금 대답할 필요는 없어요. 사실 누나가 거절한다고 해도 상관없어요. 나는 지금 이 사랑을 너무나도 확신하고 있기 때문에 거절 따위는 생각할 시간도 없어요. 내일 아침까지 생각해보고 전화해줘요. 오늘은 전화기 손에 쥐고 잘 거예요."

그날 밤, 집으로 돌아와 그동안 읽지 않고 있었던 그의 메일을 다시 읽어보았다. 그의 마지막 메일에 따르면 그는 나에 관한 감정들(특히 부정적인) 때문에 아무것도 할 수가 없다고 했다. 그래서 어차피 이 모든 게 뇌 속에서 일어나는 일들이니, 행복감을 어떻게 컨트롤할 수 있을까 하고 뇌 과학자들이 말하는 사랑에 관한 연구들을 찾아보았다고 했다. TED 창에 LOVE라고 쳐보니 몇몇 영상들이 나왔는데 어느 여성 뇌 연구학자의 강의를 들어보니, 사랑은 기본적인 '번식욕'으로 '성욕'과는 달라서 한 번에 한 사람에게만 집중된다고 했다. 성욕과 사랑은 다르다는 것. 성욕은 다른 파트너로 해결이 가능하지만, 사랑은 그렇지 못하다는 것. 그러니까 나처럼 사랑을 다른 사랑으로 잊을 수 있다는 사람은 아직도 진짜 사랑을 해본 적이 없다는 것이었다. 그러면서 성욕을 사랑으로 착각하면서 매일 입으로만 사랑 타령을 하는 내가 안타깝다며 나를 비난하고 있었다. 그는 트위터에서도 사랑이 뭔지도 모르는 사람이 연애칼럼을 쓰고 있다며 나를 비방하고 있었다.

다음날 아침, 나는 그에게 전화하지 않았다. 그가 하고 있는 것이 진짜 사랑이라 하더라도 상대방에 대한 배려가 없는 일방적인 그런 감정보다는, 그가 엉터리라고 말한 내 사랑이 더 나은 것 같았다. 그러자 그는 드디어 체념을 한 건지 몇 달간 메일을 보내지 않았다.

그동안 나는 고정적으로 쓰는 칼럼이 하나 더 생기게 되었고, 여행기를 투고했던 출판사와 정식 계약을 했다. 데이트하던 세 명의 남자 중, 두 명과는 연락을 끊고 한 명과 자주 만났다. 가끔 ㄷ의 집에서 놀던 추억이 생각나기는 했다. 하지만 추억은 결국 지나가버린 것들이었다. 나는 지나간 것들을 돌아보기보단 곧장 앞을 보며 뛰는 쪽을 선택했다. 목표물은 이제 곧 손에 잡힐 것처럼 내 앞에 단단히 서 있었으므로 조금만 더 힘을 내어 뛰기만 하면 될 것이었다. 서른이 되어서야 내가 좋아하는 일을 찾았고, 나는 그처럼 부자 아버지도 없었으니 당장 먹고사는 것과 하고 싶은 것을 부지런히 조율하며 움직여야 했다. 보통 월간지당 원고료가 15만 원이었으니, 두 군데 정도 고정 잡지가 있다 해도 한 달에 글로 버는 돈은 월세 내기에도 빠듯했다. 나는 여전히 매일 밤 화장을 하고 술을 따르러 다녔고, 낮에는 요청받은 칼럼과 책으로 나올 여행기를 썼고, 틈틈이 데이트도 하며 바쁘게 시간을 보냈다.

여행기 원고가 마무리되어갈 때쯤, 그가 다시 내가 일하는 바에 찾아왔다. 이번에는 도대체 슬픔이라곤 모르는 얼굴로 환하게 웃으며 나타났다. 불과 일주일 전까지만 해도 이렇게 사느니 죽는 게 더 편안할 것 같아 죄책감 없이 죽는 방법을 찾고 있다고 보낸 메일과는 전혀 다른 모습이었다. 어쨌든 그의 밝은 표정을 보니 내 마음도 한결 편했다. 그가 생글생글 웃으며 그동안 잘 지냈냐고 말하며 예전에 마셨던 술을 주문했다. 내가 그의 앞에서 마티니를 제조하는 동안 그가 가방에서 COSMOS라고 적힌 두꺼운 책 한 권을 꺼냈다. 그리고 그 책 사이에서 어떤 식물의 잎을 꺼냈다. 활짝 벌린 아기 손 모양 같기도 했고, 캐나다 국기에 그려진 단풍잎 모양과도 닮았다.

"예전에 침대 옆에서 수경재배기로 싹 틔우고 있던 거 기억나죠? 그 씨앗이 드디어 오늘 꽃을 피웠어요."

그의 침실 매트리스 옆에서 규칙적으로 소음을 내던 투명한 아크릴 상자가 떠올랐다. 그는 잔뜩 흥분한 표정으로 이야기를 이어갔다. 그가 가지고 있던 그 식물의 씨앗은 총 세 개였는데, 앞의 두 개는 발아에 모두 실패했고 마지막 세번째 씨앗이 성공해 잎을 틔웠다고 했다. 그렇게 키운 잎을 가지가 있는 나무로 만들고 드디어 오늘 아침, 그 나무가 꽃을 피웠다는 말인데 그가 왜 이렇게 실성한 사람처럼 웃고 있는지는 이해가 되지 않았다. 그는 나에게 이 식물의 꽃은 한 번도 본 적이 없을 거라며 나에게 보여주고 싶다고 했다. 나는 꽃이 궁금하기보다 일단 그의 관심이 그 식물에게로 옮겨간 것 같아 내심 다행이라 생각했다. 그는 내가 일을 마치는 시간까지 그 자리에 턱을 괴고 앉아, 화장을 고치거나 다른 손님들과 농담을 하는 나를 보며 실없이 웃고 있었다. 그의 얼굴은 어딘지 모르게 편안해 보였다. 모든 걸 포기한 사람처럼 보이기도 했고, 반대로 모든 걸 가진 사람처럼 보이기도 했다. 평소 마치는 시간보다 조금 일찍 나와 그의 집으로 갔다. 그의 집은 여전히 부드러운 밤

공기에 둘러싸인 산너머 큰 바위처럼, 우아하고 묵묵하게 그 자리에 있었다.

작업실이 있는 2층으로 올라가는 그의 뒤를 따라가고 있으니 처음 이 집에 왔던 때가 생각났다. 그가 작업실 문을 열자, 알 수 없는 식물의 향기가 방에 넘쳤다. 그의 집에 처음 왔던 날, 그가 현관문을 열었을 때 났던 냄새 같기도 했고, 깻잎이나 쑥갓같이 향이 아주 독특한, 그렇지만 그 어디에서도 맡아본 적 없는 향이었다. 작업실 중간에서 삐죽하게 솟아 있던 그 식물은 사방으로 세워진 스탠드의 강력한 빛을 받고 있었다. 식물은 예전에 그 작았던 씨앗이라는 것이 믿기지 않을 만큼 내 가슴께 정도 오는 큰 나무로 건강하게 자라 있다. 작업실을 대충 둘러보자, 이 식물 외에 다른 것은 몇 달 전과 다름이 없었다. 이 식물이 작업실 중간을 차지하고 있는 걸로 봐서 그는 한동안 이 식물에만 집중하고 다른 일은 하지 않았던 것 같았다. 그가 가까이 와서 봐도 된다고 말하며 겹겹이 잎이 싸인 곳에 마치 곰팡이가 낀 먼지 뭉치 같은 것을 가리켰다. 이 먼지 같은 것이 이 식물의 꽃이라고 했다. 그가 말했던 것처럼 정말 어디에서도 본 적이 없던 꽃이었고, 일반적으로 우리가 상상할 수 있는 그런 꽃과는 전혀 거리가 멀었다. "이게 정말 꽃이라고?" 의아한 표정으로 꽃을 건드려보니 뭔가 끈적했다. 코를 가까이 대보니 독특한 향이 후각을 자극했다. 살짝 현기증이 났다. 그는 꽃을 관찰하는 나를 뿌듯하게 지켜보고 있었다.

"무슨 꽃인지는 모르겠지만, 어쨌든 그 작은 씨앗을 이렇게까지 키워내다니 대단하네."

그는 내가 좋아하는 과일을 사다놓았다며 부엌으로 내려갔다. 잎이 무성한 그 식물 아래서 우리는 오랜만에 예전처럼 음악을 듣고, 이야기를 했다. 그에게 이젠 나를 잊었냐고 물으니, 사랑은 그렇게 쉽게 사라질 수 있는 게 아닌 것 같다고 했지만, 나의 말처럼 일방적인 관계는 결국 폭력밖에 되지 않으니 그냥 포기하려 노력하고 있다고 씁쓸하게 말했다. 오늘 그는 정말 순수하게 이 꽃을 보여주고 싶었던 것 같았다. 작업실 안은 알 수 없는 식물의 향기와 우리의 대화로 가득찼다. 그러다 그가 잠이 온다며 화분 옆에 누워 양손을 교차해서 가슴 위에 올리곤 눈을 감았다. 평소에 자던 모습 그대로였다. 나는 화분을 사이에 두고 따라누웠다. 그때 화분 아래, 조그맣게 적힌 날짜와 '경민'이라는 두 글자를 보았다. 검은색 사인펜으로 쓴 그 두 글자 안에 그동안 애를 써서 싹을 틔우고, 분갈이를 하며 키워온 시간이 모두 들어가 있는 것처럼 보였다. 나는 무엇에 홀린 사람처럼 그의 옆으로 가서 누웠다.

아침이 되었다. 지난밤 우리는 그 식물 아래서 서로의 몸을 마구 더듬었던 것 같았다. 아니 어쩌면 그런 꿈을 꾼 것 같기도 하고, 잠에서 깨어서도 아직 그 꿈속에 있는 것 같은 기분이 들었다.

집으로 돌아온 후에도 며칠 동안 내 몸에는 그 꽃의 향기가 씌어 있는 기분이었다. 신기하게도 뭐든 할 수 있을 것 같은 자신감이 생겼다. 한 달 후면 내 이름으로 된 책도 세상에 나올 예정이었다. 그동안 꿨던 꿈들이 하나씩 이루어지면서 나는 여전히 꿈속에 있는 기분이 들었다. ㄷ과는 가끔씩 연락은 하고 있었지만, 사귀자는 말에 대답을 한 건 아니었다. 그때 그 꽃을 보러 갔던 일은 정말 하룻밤 꽃놀이 같은 것이었다.

그후로 몇 주 뒤, 그 향기가 모두 씻겨나갔을 때, 나는 목표물을 눈앞에 두고 추하게 넘어진 기분이었다. 생리가 늦어서 찾아간 산부인과 흑백 모니터 속에는 하얗고 작은 씨앗이 잡혔고, 저곳은 놀랍게도 내 배 속이라고 했다. 그 짧은 순간, 나를 둘러싼 모든 것이 무너지는 것을 보았다. 이것이 나에게 어떻게 오게 된 것인지 정확하지 않았다. 그가 무턱대고 찾아오기 전날, 나는 만나고 있던 남자와 아침까지 데이트를 했다. 내 표정을 읽은 의사는 최대한 빨리 결정을 내리는 게 모두에게 이로운 길이라고 위로하듯 말했다. 아무것도 모르는 ㄷ은 꽃구경 이후 더욱 충만해진 감성으로 메일을 보내오거나, 맥주를 마시러 가게로 오기도 했다. 날이 지날수록 씨앗이 싹을 틔우고 자랄 것이란 생각을 하니 아무것도 할 수가 없었다. 나는 그가 실패했던 첫번째 두번째 씨앗처럼 그 씨앗이 저절로 싹을 틔우는 것에 실패하기를 처참하게 기도했다. 그의 천진한 표정을 보고 있으면 더욱 그랬다. 나는 결국 만나고 있던 남자에게 사실을 알리고 연락을 끊었고 ㄷ에게도 사실대로 말했다. 그것이 내가 그에게 할 수 있는 최대한의 예의라고 생각했다. 그리고 그의 꿈 역시 산산조각이 되어 깨지고 현실로 돌아가길 바랐다. 그는 한참을 아무 말도 없다가 무겁게 입을 열어 말했다.

"누나가 어떤 선택을 하든 함께할게요."

그때 그 눈빛은 지금도 잊을 수가 없다. 그는 이미 예전
의 그로 돌아갈 수 없음을 잘 알고 있다고 했다. 어디에서
온 것인지 불분명한 씨앗을 키워보겠다고 말하던 그를 보
니 이제는 내가 자신이 없었다. 그래서는 안 될 일이었다.
어쩌면 모두가 불행해질 수도 있을 것이었다. 그의 한마디
는 오히려 세상의 모든 불행이 내 주변으로 모여들게 했다.
나는 슬펐고 모두가 나를 보며 손가락질을 하는 것 같아 꿈
이고 뭐고 다 필요 없이 누구도 찾을 수 없는 곳으로 도망
치고 싶었다. 이제부터는 정말 만나지 말자고 나는 이대로
사라져버릴 것이라고 말하니 그가 갑자기 내 손을 잡고 엉
엉 울었다. 제발 그런 말은 하지 말라며 아이처럼 엉엉 울
었다. 내가 아무런 대답도 하지 않고 땅만 보고 있으니 무
릎을 꿇어 내 정강이를 잡고는 제발 좀 살려달라고 말했다.

제발, 좀, 살, 려, 달, 라, 말하며 우는 그를 보니 나는 갑
자기 겁이 났다. 도대체 무엇이 이 사람을 이렇게 만든 것
일까, 칼같이 이성적이고 뭐 하나 아쉬울 것 없이 살아온
이 사람을 과연 무엇이 이렇게 초라하게 만들었나. 그는 잔

뜩 겁에 질린 사람 같았다. 무릎을 꿇고 살려달라고 빌고 있는 그의 얼굴은 눈물과 콧물로 엉망이 되어 있었다. 그 순간, 그가 두려워하는 존재가 무엇인지 조금씩 느껴졌다. 이제껏 내가 철없이 떠들고 다녔던, 사랑이라는 것의 진짜 얼굴이 어둠 속에서 희미하게 보였다.

나는 이틀을 앓아누워 있다가 결국 수술을 해야겠다는 결정을 했다. 처음부터 다시, 다시 처음부터 시작하고 싶었다.

수술 후, 그의 침대에 꼼짝 않고 누워 있는 동안 그는 매일 다른 죽을 예쁜 그릇에 담아왔다. 그의 눈빛은 매일이 어제와 변함이 없었다. 나는 어디를 봐도 슬픈 생각이 들어 주로 눈을 감고 지냈다. 그가 옆에 누우면 미조리에 관한 이야기를 했다. 내게는 달리 할 수 있는 이야기가 없었다. 이 집과 닮은 약국 앞 2층 양옥과 귀신고래 같은 집에 대해서. 빨간 동백꽃과 아나고, 그리고 한쪽 다리가 짧은 뱃사람 이야기도. 그는 내가 미조리에서의 이야기를 하면 언젠가 자신이 꾸었던 꿈 이야기를 듣는 기분이라고 했다. 언젠가 함께 미조리에 가자고도 했다. 우리는 해가 뜨면 종일 이야기를 하고도 밤이 되면 수학여행을 온 중학생처럼 이불을 뒤집어쓰고 또 이야기했다. 결국 수술 후 한 달 동안의 주의사항도 잊은 채, 보름 만에 서로를 껴안아버리곤 마주보며 웃었다.

10

다시 돌아온 사항마을 입구에서 상주 은모래비치로 가는 버스를 탔다. 늦여름 해수욕장은 늙은 작부 같은 쓸쓸한 분위기가 있다. 보드라운 모래와 풍성한 송림은 화려했던 전성기를 짐작하게 한다. 우리는 이곳에서 일박을 하기로 하고 슈퍼마켓을 겸하고 있는 민박집으로 갔다. 비성수기이니 주인이 얼마를 부르건 5천 원은 깎아보자고 다짐했지만, 이 돈이면 전기세도 못 건진다는 주인의 말에 입도 벙긋 못해보고 그대로 열쇠를 받아 2층으로 올라왔다. 방으로 들어와서야 부모 없이 시장 심부름을 다녀온 어린 남매 같은 우리가 우스워 깔깔 웃었다.

방 안은 자주색 벽지 외에는 독특할 것 없는 해수욕장 근처의 일반적인 민박집이었다. 낡은 침대에는 모서리가 닳은 얇은 여름 이불이 깔려 있었다. 오래된 에어컨과 낡은 화장대에는 눈으로 보기만 해도 끈적한 바닷기가 느껴졌다. 조금 특별한 점이라면 해변 방향으로 나 있는 창문 아래에 말벌 한 마리가 마치 인테리어를 위한 장식품처럼 고요히 죽어 있었다는 것이다. 이 말벌은 언제 어떻게 죽게 되었을까. 이것을 치워야 하나 말아야 하나 고민하고 있을 때, 그가 가방에서 지퍼팩을 꺼내며 말했다.

"이거 하고 수영하면 재밌을 것 같지 않아요?"

그는 바닥에 앉아 담배용 페이퍼를 바닥에 놓고 지퍼팩에 잘게 잘라 담아온 식물의 꽃을 올린 다음 한쪽 입구를 필터로 막은 뒤 종이를 돌돌 말았다. 종이 가장자리를 혀로 적셔 담배를 완성하고는 라이터를 들고 창문 앞으로 왔다. 우리는 창문을 열고 멀리 백사장을 보며 돌아가며 불을 빨아들이고 연기를 뱉었다. 그리고 옷을 입은 채로 침대에 나란히 누웠다.

"이것만 있으면 아무것도 필요가 없을 것 같지 않아요? 열심히 일하고, 열심히 돈을 벌고, 멋진 곳으로 휴가를 가고, 그럴 필요가 뭐 있어요, 이것만 있으면 바로 지금, 여기가 천국인데."

그러곤 갑자기 목이 마르다며 일어나며 가방에서 물병을 꺼내 마셨다.

"그러고 보면 이 꽃은 사랑이랑 비슷하지 않아요? 그런데 사람들은 사랑은 자꾸 권하면서 이걸 하는 사람은 왜 감옥에 보내는 걸까요. 사실 사랑이 훨씬 위험하지 않나? 이것보다 사랑 때문에 죽고 죽이고 패가망신하는 경우가 훨씬 더 많을걸요."

그가 천장의 한 부분을 응시하며 말했다. 그는 위층에서 나는 작은 발소리를 들은 것 같았다.

"아마 사랑을 제대로 해본 적 없는 사람들이 법을 만들고 사회를 이끌고 있어서 그런 게 아닐까? 적당히 예쁘게 포장된 사랑으로 사람들을 현혹시키고 사람들은 그걸 믿으면서 눈에 보이지 않는 사랑을 꿈꾸며 돈을 벌고, 또 쓰면서. 뭐, 그러니 사회가 이렇게나마 굴러가고 있는 거겠지."

그는 다시 창문 아래 죽어 있는 말벌 이야기로 주제를 바꾸었다. 우리는 다시 진지한 얼굴로 이제는 죽어 멈추어 버린 말벌의 삶에 대해서 이야기했다. 그때 우리는 어떤 것을 가지고도 이야기를 만들 수 있었다. 주변의 모든 것들이 의미가 되고 한 권의 책이 되었다.

얼마쯤 지났을까. 위층의 발소리가 사라져갈 때쯤, 창문 너머의 파도 소리가 문득 침대 아래에서 들리는 것 같아 몸을 와락 움츠리자 ㄷ이 깔깔 웃었다. 그가 나를 안심시키려는 듯 발아래 깔린 얇은 이불을 몸 위로 끄집어올리자 마치 하얀 파도가 되어 덮치는 것 같았다. 놀라 그에게 안기자, 그는 파도를 헤치며 나를 끌어안아 자신의 몸 위에 올려놓았다. 침대는 커다란 고무보트가 되어 파도를 따라 흔들렸다. 점점 높아지는 파도는 보트 위로 물을 끌어오고, 어느새 이 자주색 방 안으로 바닷물이 차오르기 시작했다. 그와 나의 팔은 서로에게 해초처럼 엉키고 허리 아래는 물에 잠기지 않으려 부지런히 함께 움직였다. 시간이 갈수록 눈꺼풀이 무거워지고 몸은 자꾸 가라앉으려 했다. 우리는 물에 젖은 옷을 힘들게 벗으면서도 몸부림을 쳤다. 알몸이 된 그가 바위틈을 찾은 문어처럼 내 허벅지 사이로 미끄러지듯 들어왔다. 물속처럼 느리고 유연한 움직임이었다. 꿈틀대는 빨판은 모든 틈을 막아버리겠다는 듯 거칠게 꿈틀거리며 여기저기를 헤집었다. 바닷물은 점점 더 높이 차오르고 나와 그는 수면 위로 겨우 고개를 내어놓고 거센 숨을 몰아 쉬며 서로에게 의지하고 있다. 비릿한 남해의 바닷물, 온몸을 감싸는 해초의 미끈한 감촉, 어느새 틈을 빠져나온 문어는 내 허벅지 위로 까맣게 먹물을 터뜨리고 사라졌다. 얼마나 지났을까. 정신을 차리고 보니 썰물처럼 바닷물이 빠지고 난 방 안은 우리가 벗어던진 옷과 이불로 엉망이 되어 있었다. 온몸이 끈적하게 젖어 있었다. 창문 너머로 지는 해의 귀퉁이가 보였다. 물놀이는 이미 놓쳐버린 일이었고, 밖으로 나왔을 때는 주변 식당들도 문을 닫은 뒤였다. 겨우 주차장 근처에서 술장사를 하는 천막집을 찾아 홍합탕과 해물 파전으로 끼니를 때우고 다시 민박집으로 돌아와 누웠다.

우리는 늘, 우리 시간의 대부분을 이렇게 보냈다. 침대에 누워 껴안고 있는 것이 우리가 할 수 있는 것의 전부였다. 그것 외엔 재미있는 일도 의미 있는 일도 없었다. 그렇게 이 년이란 시간이 흘렀다. 마치, 산속에 나무를 하러 간 나무꾼이 백발노인들이 두는 바둑을 보다가 마을로 내려와보

니 몇백 년이 흘러 있었다는 어느 설화처럼. 신선놀음에 도
낏자루 썩는 줄 모른다는 속담과 같이 이제 우리에게 남은
건 썩은 도낏자루를 확인하는 일밖에 없었다.

　그래도 그에 비하면 나는 몇 가지 일들을 꾸역꾸역 해내
고 있었다. 몇 번이나 쓰기를 포기할까 했던 글은 결국 책
이 되어 나왔고, 덕분에 드디어 나를 작가라고 불러주는 사
람들을 만나고, 몇몇 방송에도 출연을 했다. 신기한 경험들
이긴 했지만 생각보다 재미가 없었다. 목표물을 손에 잡아
보니 그것은 허무함이라는 얼굴로 나타났다. 책이 나왔다
고 해서 당장 살림이 나아지지도 않았다. 나는 손목에 새긴
문신을 시계와 팔찌로 가린 채 다시 치과에서 환자들 상담
을 해야 했다. 먹고살 걱정은 여전했다. 매일 아침저녁으로
출퇴근을 하고, 집으로 돌아와선 집안일을 하고, 잡지 원고
를 쓰거나 다음 책을 쓰기 위한 구상을 했다. 작가가 되긴
했지만, 작가로만 살 능력은 아직 없었기 때문이다. 하루는
여전히 24시간이니 나는 예전보다 두 배 더 움직여야만 했
다. 친구들과의 신나게 놀던 주말도 이제는 더이상 즐길 수
없었다. 직장 동료들과 퇴근 후 간단하게 맥주를 마시는 시

간도 어느새 사치가 되어버렸다. 하루의 에너지를 직장에 모두 소진해버리고 집에 와 책상에 앉으면 서글픈 마음이 컸다. 원하는 것을 얻기 위해서 많은 것을 포기해야 한다는 것을 그 시간을 겪으며 배웠다.

사랑 역시도 마찬가지였다. 사실 우리는 이미 사랑에 너무 많은 에너지를 써버렸고, 앞으로 어떤 힘으로 이걸 계속해나갈지 자신이 없었다. 그를 보면 특히 그랬다. 그에게 지난 이 년은 나를 사랑하는 시간과 나를 사랑하지 않으려고 발버둥치는 시간밖에 없었다. 그가 나를 만나기 전부터 준비해오던 프로그램들이 유명 회사에서 하나씩 만들어져 출시되고 있었다. 그가 어렸을 때부터 써오던 아이디어 노트들. 그가 나에게 빠져 있는 동안 그것들이 하나씩 하나씩 다른 사람들에 의해서 만들어지고 있는 것을 보고 그는 더욱 의기소침해져갔다. 그런 그를 보고 있으면 나도 어쩔 수 없이 죄책감이 들곤 했다. 아무것도 하지 못하고 있던 그에 비해 어떻게든 꾸역꾸역 일을 해나가고 있는 나의 사랑은 그에게 무시당하기 일쑤였지만, 나 역시 괴롭기는 마찬가지였다.

특히나 잡지에 썼던 연애나 섹스에 관한 글을 통해 나를 연애 전문가라고 소개하는 자리에서 조언을 해야 할 때는 항상 거짓말쟁이가 되는 기분이었다. 미디어는 연애와 사랑에 있어서도 기술 같은 것이나 확실한 답을 원했다. "좀 더 강력하게, 좀더 자신감 있게 말해주세요. 사람들은 전문가를 원해요. 연애에서도, 사랑에서도." 방송국 관계자들에게 이런 이야기를 들을 때마다 차라리 그와 다시 만나지 않았더라면 좋았을 텐데 하는 생각도 했다. 그를 다시 만나지 않았더라면 예전처럼 늘 프로페셔널하게 연애를 하며 자신만만하게 살았을 텐데. "여러분, 사랑을 하세요. 사랑은 정말 아름다운 겁니다." 핑크빛 솜사탕 같은 사랑을 팔며 나는 행복하게 잘 살았을 텐데. 사는 것도 이렇게 힘들지 않았을 텐데. 나는 누구보다 확실하게 사랑에 빠져 있었지만, 누구에게도 이것을 자신 있게 권할 수 없었다. 나는 점점 말이 줄었다. 자신감도 잃었다. 무능력한 연애 전문가는 점점 잊혀졌다. 자연히 책도 방송도 점점 잊혀졌다. 오히려 그 편이 다행이라고 생각했다.

11

다음날, 상주 은모래비치의 아침. 느지막이 일어난 우리는
다시 미조리로 들어가는 버스를 잡아탔다. 물놀이를 해볼
까 했지만, 이 시기에는 해파리가 많고 어쩐지 흥이 나지
않았다. ㄷ은 내가 어디로 가든 별로 상관없는 표정이었다.
어제와 같이 미조리 입구에서 내려 천천히 바닷가 길을 걸
어 어판장으로 갔다. 어판장 주변의 다방과 식당들 중 오랫
동안 같은 이름을 유지하고 있는 곳이 꽤 있었다. 우리는
그중 한 식당으로 들어가 자작자작 끓여 나온 갈치찌개를
먹었다. 식사를 하고 나오니 어선이 다녀갔는지 판장의 인
부들이 바다 물청소로 바빴다. 그는 처음 맡아보는 판장의

비린내에 인상을 찌푸렸다. 판장을 통과해 왼쪽으로 가면 빨간 등대가 있는 방파제가 나오고, 오른쪽에는 얼음공장과 그뒤로 파랑개라 부르는 고개가 있다. 오늘은 빨간 등대에 가볼 참이었다. 예전에 검은 바위가 있던 자리들은 이미 방파제의 콘크리트 덩어리로 바뀌어버려 바위 위에서 일광욕을 하던 갯강구도 이제는 찾아볼 수 없다. 그래도 낚시하러 오는 관광객들에게는 이편이 좀더 나아 보였다. 한참을 걸어 빨간 등대 아래에서 그와 나란히 바다를 보고 앉았다. 파도가 제법 세게 방파제를 때렸다. 일몰시간이 다가올 때까지 서로 별다른 말을 하지 않고 있다가 이제 일어나야겠다는 생각을 했을 때 그가 조용히 입을 열었다.

"나는 재미있는 것도 참 많고, 하고 싶은 것도 참 많았는데…… 누나가 다 빼앗아갔어요."

그는 쓸쓸하게 웃으며 무심코 손에 잡힌 돌멩이 하나를 파도 속으로 집어던졌다. 나는 오늘 그가 무슨 말을 할 것인지 이미 짐작하고 있었다. 다시 미조리에 들어왔던 것도 이번이 아니면 그와 이렇게 바다를 보고 앉을 기회가 없을 것 같아서였다. 파도는 여전히 저 먼 곳에서부터 솟구쳤다 가라앉기를 반복했고, 우리는 서서히 파도처럼 흔들렸다.

어쩌면 우리는 한동안 이 바다에 빠져 서로를 잡고 발버둥치고 있었던 건지도 모르겠다. 수영도 할 줄 모르는 주제에, 그저 바다다 하고 뛰어들었다가 생각하지도 못한 깊이에 압도당한 조난자들이었다. 그가 어제 말아두었던 담배를 꺼내고 라이터를 켰다.

"이제 이것도 그만해야겠어요. 나는 점점 소심해져가고 자신감도 잃어가고 있어요. 사실 누나도 그만 만나고 싶어요. 이렇게 계속 같이 있다보면 하고 싶은 것도 못하고 결국 누나 뒷바라지만 하다 죽게 될 것 같아요. 뭐, 물론 그것도 행복하긴 하겠지만. 나는 내가 하고 싶은 걸 하려고 여태껏 쌓아온 것들도 많고, 꼭 하고 싶은 것들이 있어요. 지금은 뭘 하려고 해도 누나가 어떻게 생각할까가 먼저 떠오르고, 누나가 트위터에서 남자들과 사소한 대화를 하는 것만 봐도 속상하고, 누나가 다른 남자 이야기를 하는 걸 보면 아무것도 못하겠어요. 이런 적은 처음이에요."

나는 그가 피우고 있던 담배를 뺏어들고 천천히 숨을 들이쉬었다. 입안 가득 어지러운 향이 모여들었다.

"이전 여자친구들은 나를 보고 늘 쿨하다못해 냉정하다고 말하곤 했어요. 나 역시도 내가 쿨하다고 그게 멋지다고 생각했는데 다시 생각해보니 정말 소중한 것에 어떻게 쿨해질 수가 있겠어요?"

점점 몸이 짧아지는 담배를 보고 있으니 연기를 뱉어내는 것조차 아까운 생각이 들었다. 손가락 위로 뜨거움이 느껴져 꽁초를 바닥에 비벼 끈 다음 파도 속에 던져버렸다.

"맞아. 한 사람 때문에 인생이 송두리째 흔들리고, 전혀 생각지도 못한 방향으로 흘러가는 걸 그저 바라보고 있어야 한다는 건 너무 무서운 일이야. 너도 이제 프로그래밍도 다시 시작하고, 음악도 만들어. 나도 예전처럼 야한 글 많이 쓰고, 다시 가볍게 살 거야. 나는 그게 행복이야."

쌀쌀하게만 느껴지던 바닷바람이 어느새 익숙해졌다. 우리는 해가 완전히 바다에 잠기고 사방이 어둠에 잠길 때까지 쉼 없이 쿨럭거리는 바다를 보며 사랑의 여러 얼굴에 대해 이야기했다. 그에게 내 사랑은 턱없이 부족한 것이었을지 모르겠지만, 나 역시 재미있는 것들이 많이 줄었다. 길거리에서 남자를 만나 꼬셔내고 잠을 자는 일도 내가 좋아하는 일 중 하나였다. 새로운 사람을 만나 그 사람을 알아가는 일은 또다른 세계를 만나는 일이었다. 혼자 어디론가 훌쩍 떠나는 것 역시 내가 좋아하던 일이었다. 아무도 나를 모르는 곳에서 주변을 낯선 언어로 채우는 일. 그리고 그곳에서 만났던 사람들에 대한 글을 쓰는 일. 천장을 보고 누워 아무 생각도 하지 않고 시간을 보내는 일. 친구들과 야한 옷을 입고 클럽에 가서 춤을 추고 노는 일. 직장 동료들과 남을 흉보며 술 마시는 일. 한여름에 선풍기 바람을 쐬며 책을 읽는 일. 그를 만나기 전의 나는 좋아하는 것이 너무 많은 사람이었다. 하지만 사랑을 알게 되고 나서는 이 모든 것이 시시해졌다. 그와 껴안고 있는 일 외에는 아무것도 할 수 없었다. 그와 떨어져 있으면 격렬한 금단 증상에 빠진 사람처럼 불안하고 괴로웠다. 사랑엔 행복보다 괴로움이 많다는 것을 누가 미리 이야기해주었더라면. 사랑은 아름다운 것이라고 쉽게 말하는 사람들은 모두 악덕한 마약상 같아 보였다. 평생 사랑만 하고 살기에 우리는 너무 많은 재능을 가지고 있지 않느냐고. 어쩌면 우리는 서로가 먼저 떠나주기를 바랐을지도 모른다.

서울로 가기 위해 콜택시를 불렀다. 미조리에서 사천으로, 사천에서 진주로, 결국 진주에서 첫차를 타고 서울로 왔다. 차비로 특급호텔 비용을 써버리면서도 우리는 그 밤

계속 달렸다. 아마 그 밤마저 세상모르고 껴안고 있다간 우리는 영영 깨지 못할 것 같아서였다. 서울 버스 터미널에 도착했을 때 우리는 이미 탄성을 잃은 고무줄처럼 늘어져 있었다. 온몸에 진이 빠진 지 오래였다.

우리는 지하철역에서 각자 반대 방향으로 헤어졌다. 그는 그의 집으로 가고, 나는 나의 집으로 가야 한다. 몇 걸음 걷다가 뒤를 돌아보니 문득 첫날 아침, 창밖을 보며 심우장을 가리키던 그의 뒷모습이 떠올랐다. 처음 내게 다가왔던 날, 그의 승복을 보면서도 왜, 사귐이 깊어지면 사랑과 그리움이 생기는 법이라는 구절을 생각하지 못했을까. 사랑과 그리움에는 고통이 따르는 법이라고. 사랑으로부터 모든 재앙이 시작되는 것을 깊이 깨닫고 광야를 달리는 무소의 뿔처럼 혼자서 가라는 말이 왜 이렇게 헤어져 집으로 돌아갈 때 번뜩 생각이 났던 건지 모르겠다. 우리가 함께 들었던 음악들 역시 이미 우리에게 수없이 경고하였다. Too much love will kill you 라고 프레디 머큐리가 노래했고, 에이미 와인하우스 역시 Love is losing game 이라고 몇 번이나 되풀이했었다. 셰익스피어는 무려 사백 년 전부터 사랑은 그저 미친 짓이라 경고했다.

사랑을 몰랐더라면, 나는 예전처럼 자신만만하게 살 수 있었을 텐데. 언제나 더 많은 걸 갖기 위해 신나게 앞만 보고 뛸 수 있었을 텐데. 그때 우리에게 왔던 사랑은 한 사람 빼고는 모두 다 잃는 것이었다. 서로를 위한 시간들은 결국 서로를 망치는 시간이 되었다. 다행히 그는 재활원으로 들어가기를 결심한 사람처럼 묵묵히 앞만 보고 걸었다. 나는 제 손으로 찢어버린 자명고 앞의 낙랑공주처럼 멍하니 서서 다음 전철을 기다렸다.

물론 사랑은 아무런 잘못이 없다.

J는 호주 서부의 세탁공장에서 일을 할 때 만났다. 오롯이 글에 집중할 수 있는 일 년을 만들고 싶어서 호주로 건너가 악착같이 돈을 모으고 있을 때였다. 그곳에서 내가 했던 일은 호텔이나 식당에서 오는 테이블보나 냅킨을 오염된 상태별로 분류하는 작업이었다. 간혹 며칠씩 묵은 세탁물을 분류할 때면, 상상도 할 수 없을 정도로 오염된 행주와 걸레 때문에 인상을 쓸 때가 많았다. 그래도 이 일은 별다른 생각 없이 몸만 열심히 움직이면 되는 일이었고, 시급이 22달러나 되었기 때문에 몇 달만 버티면 제법 돈을 모아 한국으로 돌아갈 수 있을 터였다.

호주에서도 틈틈이 글을 쓰겠다고 생각은 했지만, 종일 몸을 쓰고 집으로 와서 요리와 세탁 같은 집안일까지 하고 나면 금세 피곤해져서 마음먹은 대로 잘되지 않았다. 한국이나 호주나 생활은 여전히 쉽지 않았고, 글을 쓰는 것은 더욱 쉽지 않았다.

일단 목표했던 만큼 돈이나 모아서 돌아가자는 생각으로 무료한 날을 보내던 중, 새로 온 동료가 한 남자를 가리켰다. J였다. J는 우리 파트 맞은편 창고에서 세탁된 수건과 침대시트를 주문이 들어온 수량만큼 체크해서 업체로 보내는 일을 하고 있었다. 수줍음 많은 동료를 대신해서 내가 그에게 먼저 말을 걸어보기로 했다.

짧은 휴식시간을 이용해 나는 그가 호주에 살고 있는 태국 이민자라는 사실과 그의 페이스북 아이디, 그리고 무엇보다 열아홉이라는 나이를 알아냈다. 내 동료는 열아홉이라는 나이를 듣고 단숨에 포기 선언을 했고, 장난삼아 그렇다면 내가 한번 도전해보지 뭐, 하는 마음이 들었다.

그뒤로는 신기하게도 공장에만 가면 J가 먼저 눈에 들어왔다. 호주 서부의 내리쬐는 태양에 건강하게 태닝된 피부와 탄탄한 근육. 특히 그의 어깨와 등 근육은 면티셔츠 위로 모양이 선명하게 드러날 정도였다. 쉴새없이 쏟아지는 냅킨을 정신없이 분류하다가도 고개를 들면 건강한 어깨와 팔로 부지런히 수건을 옮기고 있는 J가 보였다. 그는 당시 하얀 냅킨과 테이블보가 설산처럼 쌓인 그곳에서 나를 구해줄 유일한 구조요원이었다. 페이스북으로 몇 번의 구조신호를 보내자, 어느 주말 그가 내 방으로 왔다. 그리고 나란히 침대에 걸터앉아 영화를 보고, 날이 어두워지자 자연스럽게 누웠다. 그리고 다음날 아침까지 이어진 네 번의 섹스.

그후 주말이면 항상 J는 내 방으로 왔다. 나는 서툰 요리와 잠자리를 제공해주었지만, 별다른 말은 하지 않았다. 그러던 어느 날 밤 그가 수줍게 말했다.

"Could you be my girlfriend?"

나는 마치 고등학생 시절로 돌아간 기분이 들어 웃으며 고개를 끄덕였다.

그때 내가 J에게 원했던 건 무엇이었을까? 단순히 성욕을 채워줄 대상을 찾았던 걸까, 아니면 무미건조한 호주에서의 색다른 추억을 만들고 싶었던 걸까? 특히 열세 살이나 어린 그의 나이와 한국—호주라는 물리적인 거리는 현실적이지 않아 오히려 유리하게 작용했다.

우리는 8주 동안 한 번도 빠지지 않고 금요일부터 일요일까지 밤을 함께 보냈다. 그는 한국말을 전혀 몰랐지만, 늘 내 노트와 다이어리를 꼼꼼히 넘겨보는 것을 좋아했다. 재미 삼아 내 첫번째 책『낯선 침대 위에 부는 바람』을 매주 한 챕터씩 읽어주기도 했었다. 그의 단단한 어깨에 기대서 어설픈 영어로 더듬더듬 내가 쓴 글을 읽을 때마다 J는 신중하게 머릿속으로 이미지를 그리며 잘 따라와주었다. 싱가포르, 태국, 일본. 그곳에서 만난 남자들의 이야기가 점점 절정으로 갈 때면 J의 심장이 빠르게 뛰는 것이 기대고 있던 뺨 아래로 느껴졌다. "이제 그만 읽을까?"라며 그의 표정을 살피면, 그는 괜히 팔을 위로 뻗어 기지개를 켜며 "질투가 나지만, 난 남자니까 참을 수 있어"라고 말하던 열아홉 소년이었다.

12

ㄷ과 서울에서 그렇게 헤어진 지 몇 달 후, 아버지가 계신 경주에서 지내고 있다는 그의 메일을 받았다. 내가 그를 위해 해줄 수 있는 건 그의 시간을 빼앗지 않는 것밖에 없었고 이제는 정말로 그러겠다고 다짐했지만, 나는 이내 금단 증세에 시달리다 돌발행동을 하는 중독자처럼 그에게 메일을 보내고 있었다.

겉으로는 여전히 직장생활을 이어가고 친구들과 시간을 보내며 잘 지내고 있는 것처럼 보였지만, 머릿속에서는 종일 한 사람이 뛰어다니고, 지키지 못한 약속들이 자꾸 떠올랐다. 그가 예전에 말했던 것처럼 이전의 나로 돌아가버리기엔 나는 이미 달라져 있었다. 언제 만나자는 기약도 없었지만, 그에게 편지를 쓰는 것 외엔 꾸준한 취미가 생기지 않았다. 극장에서 신작 포스터만 봐도 버터구이 오징어를 먹으며 함께 봤던 영화들이 떠올랐다. 지하철, 버스 안, 골목에서 마주치는 사람을 보면서도 그 얼굴만 떠올랐다. ㄷ은 정말 일에 집중을 하고 있는 건지, 한두 번 짧은 답장을 보내다가 어느 순간부터는 답을 보내지 않았다. 답이 없는 메일을 계속 쓸 수 있었던 건 그때가 아마도 겨울이었기 때문이었을 것이다. 추운 방 안에서 내가 할 수 있는 것이라고는 손가락 끝에 힘을 주고 우리의 기억과 소망을 화면 위에 찍어내는 일밖에 없었다. 우리가 처음 만났던 핼러윈 데이도 크리스마스도 보통날과 다름없이 보내면서 그렇게 겨울을 견뎠다.

봄이 되어서야 다시 그의 소식을 들을 수 있었다. 그를 통해서가 아니라 그의 이름을 말하던 여자로부터였다. 그녀는 종로의 어느 커피숍에 나와 마주앉아 시종일관 ㄷ의 이름을 말했다. 그가 경주로 갔던 것도, 경주에 가서도 연락이 없었던 것도, 지금 내 앞에 있는 여자와 관련이 있었다. 그는 나에게서 벗어나 예전처럼 다시 평범한 삶으로 돌아가기 위해 그런 선택을 했던 것 같다. 하지만 내가 그를 이렇게 기다릴 거라곤 전혀 상상을 못했을 것이다. 그러니 일도 사랑도 제대로 잘되지 않았던 것 같다. 나는 내 앞에 앉아 그의 이름을 말하고 있는 여자를 보고도 똑똑한 그가 왜 이런 실수를 한 걸까 이해가 되지 않았다.

한참 동안 그녀의 이야기를 듣고 있으니 우습게도 내 앞에 앉은 그녀는 나와 닮은 점이 많았다. 둥근 얼굴, 눈썹을 가린 앞머리, 옆으로 살짝 솟은 광대, 그리고 손목에 있는 문신까지. 심지어 그녀 역시 글을 쓰는 사람이라고 했다. 내가 그녀를 직접 만나고 싶었던 것도 그녀의 글 때문이었다. 겨울 동안, 모니터 앞에서 그에게 메일을 쓰며 그의 페이스북을 보다가 우연히 어떠한 느낌에 이끌려 그녀의 페이스북에 들어갔다. 그녀의 페이스북에는 D라는 인물에 관한 글이 많았다. 그녀와 그가 어떻게 만났고, 어떤 시간을 보냈고, 어떻게 헤어지게 되었는지. 그녀 역시 그 겨울을 견디는 법이라곤 쓰는 일밖에 없었던 것 같았고, 신기하게도 나는 가끔 그 글에 매혹당하기도 했다.

　나와 헤어지고 그 여자와 한 달쯤 만났을 때, 그는 이 방법 역시 아니라는 것을 깨닫고 다시 혼자로 돌아가려고 했지만, 이미 사랑에 깊이 빠져버린 그녀가 목을 매고 죽어버리겠다고 했단다. 겁을 먹은 그는 이러지도 저러지도 못하고 애태우고 있었다고 한다. 그녀를 떠나는 것도, 다시 나에게 돌아오는 것도, 하다못해 혼자가 되는 것도 쉽지 않았을 것이다. 여자의 말에 따르면, 그는 요즘 제대로 먹지도 못하고 있다고 했다. 결국 며칠 전, 그녀는 그를 놓아주어야겠다 생각하고 헤어졌지만, 그녀는 아직도 그를 많이 걱정하고 있었다. 그리고 나에게 그를 살려달라고 부탁했다.

　"제가 둘 사이를 잘 모르고 있었어요. ㄷ에게 듣기로는 경민씨는 남자도 많고, ㄷ을 별로 사랑하지 않았다고 했어요. 그런데 제가 보니 아니었어요. 저도 예전의 둘 사이를 신경쓰지 말아야지 하면서도 자주 경민씨의 트위터에 들어갔었어요. 그리고 둘 사이가 생각보다 애틋했고, 또 경민씨가 누구보다 ㄷ을 사랑하고 있구나 하는 생각에 마음이 아팠어요. 그런 사실을 알고 나니 괜히 제가 둘 사이를 갈라놓은 것 같은 죄책감이 들고, 그렇지만 이미 저도 ㄷ을 사랑하게 되어버려 정말 힘들었습니다. 저희는 두 달 정도 만났지만 결국, 그 두 달이 저희에겐 지옥이었어요."

그녀는 본인이 왜 ㄷ의 변명까지 대신하고 있는지 모르겠지만, 그를 너무 미워하지 말아달라고 했다. 그리고 아무리 생각해도 그를 살리는 길은 이것밖에 없는 것 같아 오늘 이 자리에 나왔다고 했다. 그리고 나에게 ㄷ을 다시 만나달라고 말했다. 그녀는 이런 말을 하는 내내 알 수 없는 패배감이 든다고 했지만, 다른 여자에게서 듣는 내 연인의 사랑 고백보다 서글픈 게 있을까? 고개를 숙이고 눈물을 글썽이는 여자를 보며 이로써 한 명의 희생자가 더 생겨났구나 싶었다. 집으로 돌아와 며칠을 고민하다가 그에게 그 여자를 만났다는 메일을 보냈다. 다음날, 그에게서 짧은 답장이 와 있었다.

누나는 나를 아무도 못 만나게 만들어놓고는 결국은 누나까지 못 만나게 만들었네요. 누나는 정말 대단하네요. 내가 완전히 졌습니다. 나는 철저하게 패배했습니다. 나는 완전히 걸레가 되어버렸어요.

답장을 보내지 않고 메일을 닫았다. 결국 우리 셋은 같았다. 우리는 그저 사랑이라는 것에 철저하게 패배한 사람들이었다. 사랑은 일본도를 든 무사와 같이 힘없이 고개 숙인 우리 셋의 목을 베고는 힘차게 뒤를 돌아 걷기 시작했다.

13

다시, 겨울. 창문 너머 눈이 떨어지는 것을 확인하고는 공들여 화장을 했다. 오랜만에 ㄷ을 만나러 가는 길이었다. 그의 동네는 겨울과 특히 잘 어울렸다. 눈이 오는 날은 언제나 그의 침실 창가에 나란히 서서 나무 위에 쌓이는 눈을 구경했다. ㄷ을 만나겠다고는 했지만, 따로 약속은 하지 않았다. 그는 몇 달 전부터 휴대폰을 없애버리고 일에만 집중하고 있었다. 주말 이른 아침 시간에 눈까지 오고 있으니 이런 날은 집에 있지 않을까 해서 무작정 찾아간 것이었다. 높은 벽과 단단히 닫힌 대문 앞에서 숨을 한번 고르고 방아쇠를 당기듯 탕탕탕 초인종을 눌렀다. 그가 앞에 나타나면 어떤 표정을 지어야 할까, 어떤 이야기부터 시작해야 할까 하고 있을 때, 대문 앞으로 낯선 여자가 나왔다. 반년 전 스페인에서 돌아왔다는 그의 누나였다.

　ㄷ과 그의 누나는 데면데면했다. 그는 어릴 적부터 말수가 적었고, 그의 누나도 비슷한 성격이었다. 그의 집에 자주 다녔을 때, 한국으로 휴가를 왔던 그의 누나와 몇 번 마주친 적이 있긴 했지만, 가볍게 목례만 하고 각자의 방으로 들어간 게 다여서 이렇게 마주보고 대화를 나눈 건 처음이었다. 그는 조금 전, 사무실에 간다며 나갔다고 했다. 경주에서 돌아온 후엔 아는 선배와 따로 사무실을 구해 그곳에서 작업을 하고 있다고 했다. 휴대폰으로 시계를 보고 있으니 액정 위로 소금 같은 눈이 톡톡 떨어졌다. 곤란한 내 표정을 읽은 누나가 잠깐 들어왔다 가라는 말을 해주었다. 어쩌면 인사치레였을지 모를 그 말이 당시에는 그저 반갑기만 해서 사양할 줄도 모르고 누나 뒤를 쫓아 집으로 들어갔다. 겨울이지만 여전히 식물 냄새로 가득한 집. 난방이 되지 않은 나무계단은 양말을 신어도 차갑게 닿아 삐걱거리는 소리를 냈다.

그의 누나가 부엌에서 커피와 비스킷을 가져올 동안 나는 2층 소파에 앉아 거실 벽을 가득 메우고 있는 책장을 보고 있었다. 그의 누나가 바로 이 책장의 주인이었다. 누나가 차를 권하며 ㄷ의 요즘 일과에 대해서 이야기해주었다. 주말도 없이 매일 아침 사무실에 나갔다가 저녁시간을 넘기고 집으로 들어온다고. 그가 집에선 워낙 말을 하지 않으니 그가 프로그래밍을 하고 있다는 것 외엔 누나와 부모님은 아는 게 없다고 했다. 집에 오면 입을 닫아버리는 ㄷ의 성격으로 봤을 때, 누나는 우리가 이미 끝난 사이란 것도 모르고 있을 것이었다.

나는 그를 대신해서 그가 무엇을 준비하고 있는지, 그가 얼마나 똑똑한 사람인지, 그리고 부모님의 지원에 무거운 책임감을 느끼고 있다는 것을 이야기했다. 그리고 이미 몇 차례나 아이디어를 뺏기는 바람에 아마 마음이 더욱 조급할 거라고도 말했다. 그러자 누나는 안타까워했다.

그는 가족에 관한 이야기를 할 때면 늘 무덤덤하게 굴었지만, 지금 누나의 얼굴에선 가족이 아니면 절대 가질 수 없는 그런 감정이 보였다. 누나의 실망한 표정을 보자 나는 시인할 수밖에 없었다.

"사실은 저 때문이에요."

누나가 무슨 일이 있었냐는 표정으로 나를 보았다.

"충분히 만들 수 있었는데, 그동안 저랑 노느라고 못했어요. 할 수가 없었을 거예요. 삼 년 동안 우리는 그냥 껴안고만 있었어요. 저는 그래도 먹고살아야 하니 꾸역꾸역 일을 하긴 했어요. 근데 ㄷ은 아무것도 못했어요. 그는 부모님한테 아직도 받기만 하고 있다는 것에 늘 괴로워했어요. 언제나 묵묵히 그를 지원해주시는 아버지에게 빨리 뭔가를 보여드려야 한다는 부담감도 많았고요. 저를 만나지만 않았더라면 충분히 해내고도 남았을 거예요. 똑똑한 사람이니까. ㄷ은 가족들이 생각하고 있는 것보다 훨씬 똑똑한 사람이에요. 어릴 때부터 써오던 아이디어 노트들이 하나씩 실현되어가는 걸 제 눈으로 다 봤어요. 저만 알고 있기에는 너무 아까운 사람이었는데, 제가 다 망친 것 같아요. 저만 없었으면 다 할 수 있었을 텐데. 그런 중요한 시기를 저와 사랑하는 것 때문에 다 놓쳐버렸어요. 작년에 언니가 잠깐 한국에 왔을 때도 사실 저 방에 숨어서 며칠 동안 있었어요. 매일 둘이서 그렇게 딱 붙어 놀았어요. 시간이 이렇게 가는 줄도 모르고, 세월이 이렇게 가는 줄도 모르고……."

나는 마치 교무실에 불려온 학생처럼 고개를 숙이고 변명을 했다. 뚝뚝 떨어지던 눈물은 어느새 인정사정없이 뺨 위로 흘렀다. 무슨 말을 더 하려고 입을 열면 눈물이 볼을 타고 흘러 입꼬리로 들어와 말을 이어갈 수 없을 정도였다. 그의 누나는 이내 무슨 말인지 알겠다는 듯 고개를 끄덕였다.

우리는 몰랐다. 아니 미처 예상을 할 수도 없었다. 이렇게 사랑한 다음에는 어디로 가야 하는지, 다이쇼 시대 연인들처럼 열렬히 사랑하고 있을 때 같이 죽어버리는 게 나은지, 아니면 남들이 다 하는 대로 결혼이란 선택을 하고 같이 천천히 죽어가는 방법밖에는 없는지. 어느 쪽이든 죽는 길밖에는 없어 보였다. 흔히 말하는 서로를 살리는 사랑을 하기에 그와 나는 너무 미숙했다. 서른이 넘은 나이였지만, 사랑이라는 이 거대한 감정은 처음이었으므로. 우리는 시시각각 얼굴이 변하는 이 무시무시한 것에 겁을 먹고 쩔쩔맬 수밖에 없었다. 우리는 이미 예전의 자신을 잃어버렸다. 지금의 우리는 예전에는 전혀 상상할 수 없었던 우리가 되어버렸다. 우리가 이렇게 변해버린 것처럼 다시 또 어떻게 변해버릴지 몰라 매순간 불안했다.

한참을 있다가 그의 누나가 무겁게 입을 열었다. 두 손은 따뜻한 찻잔을 감싸고 있었다.

"몇 달 전에 스페인에서 돌아왔을 때, ㄷ이 결혼이라는 건 해도 정말 괜찮은 걸까? 하고 물었어."

결혼이라는 단어에 그도 혼자서 어지간히 고민을 한 것 같았다.

"나도 그래. 결혼이라는 제도가 꼭 필요할까 생각하는 쪽이야. 그러면, 그냥 오늘처럼 이렇게 들어와서 있고 싶은 만큼 지내며 살면 되잖아. 그리고 부모님은 우리가 생각하는 만큼 걱정하지 않아. 그냥 자식이 답답해하는 모습을 보는 것이 안쓰러울 뿐이지. ㄷ이 원하는 것을 할 수 있도록 옆에서 돕고, 아직도 그런 도움을 줄 수 있다는 게 부모로서는 큰 기쁨이야. 받는 사랑보다 주는 사랑이 더 크다고 하잖아. 그런 마음이 결국 누군가를 살리는 사랑이 아닐까."

나직한 말투의 누나는 ㄷ과 다른 듯 닮았다. 이 집의 책장을 볼 때마다 언젠가 그의 누나와 밤늦도록 책 이야기를 할 수 있는 날이 있을 것이라 생각했다. 내가 읽었고, 읽고 싶었던 책, 내가 갖고 싶었던 책이 빼곡한 책장 앞에 ㄷ과 셋이 사이좋게 앉아서. 하지만 이제 나는 일어나야 했다. 누나에게 저는 이제 곧 호주로 간다고, 사실 오늘 ㄷ에게 이 말을 전하러 왔다고 말했다. 누나는 뭔가 더 할말이 있어 보였지만, 내가 자리에서 일어나자 같이 일어났다. 현관문을 열어주던 누나가 잠깐 망설이다가 문밖까지 따라나왔다.

"추운데 얼른 들어가세요."

내가 손사래를 치자, 눈도 밟을 겸 큰길까지 배웅해주겠다고 했다. 우리는 집 아래 찻길까지 나란히 발자국을 만들며 걸었다. 그날 누나는 종아리까지 내려오는 회색 면스커트에 발목을 덮는 흰색 양말을 신고 있었다. 고개를 숙여 작별인사를 하고 나는 다시 땅을 보고 걸었다.

착륙을 알리는 기장의 목소리에 창문 너머 하늘을 보았다. 뒤로 밀려나는 구름은 파도처럼 보이고 구름 아래로 보이는 육지는 투명한 바닷물 아래 있는 땅 같았다. 내가 앉아 있는 곳이 비행기인지 유람선인지 헷갈릴 정도였다. 사십 분 뒤면 비행기는 호주의 서부, 퍼스(Perth) 공항에 도착할 예정이라고 했다. 드디어 완전히 착지한 비행기에서 내려 여권에 도장을 찍고, 짐을 찾고, 화장실에서 조금 부은 얼굴을 확인하고, 떨리는 마음으로 입국장으로 걸어나갔다.

한숨을 쉬며 힘들다는 말만 되풀이하던 나를 결국 끝까지
쓰게 만든 건 J였다. 무엇보다 ㄷ과의 이야기는 여전히 손
을 댈 수가 없다고 말하자 J가 조금 뜸을 들이곤 말했다.

"그렇다면 당신은 아직 그 사람을 사랑하고 있는 거예요."

그렇다면 나는 지금 동시에 두 사람을 사랑하고 있는 걸까?
돌이켜보면, J와 함께 있을 때에도 망망대해를 표류하던 보
트에서 구조된 유일한 생존자처럼 기쁨과 죄책감을 동시에
느끼며 자주 물 아래를 내려다보곤 했다.

"그런데 우리에게 사랑이라는 것이 꼭 필요할까요? 사랑은 슬픔이고, 사랑은 실수죠. 사랑은 돈이고, 사랑은 고통이죠. 사랑은 결국 변하는 것이고, 사랑을 해치는 건 결국 사랑이에요. 나는 예전부터 사랑이라는 단어가 싫었어요. 이렇게 여러 얼굴을 가진 복잡한 감정을 한 단어 안에 모두 넣을 수 있을까요? 아이 러브 유. 어떤 작가는 '러브'라는 자리에 마시멜로나 오렌지 같은 걸 넣기도 하던데, 사실 저 자리는 그냥 비워놓아도 충분할 것 같지 않나요?

I ___ you, 나와 당신, 당신과 나. 사랑이라는 말이 없이도 나와 당신만으로 충분한 사이. 나는 우리가 그렇게 되면 좋겠어요."

나조차도 나를 믿을 수 없던 밤, 작은 등불을 가져다준 건 다시 J였다. 그리고 그 작은 등불이 나를 다시 호주로 가는 비행기에 앉게 했던 것이다.

입국장을 통과하자 저멀리 환하게 웃고 있는 J가 보였다. J의 얼굴이 점점 가까워오자, 나도 반짝 웃음이 나왔다.

J와 나. 나와 J. 서로를 보며 활짝 웃던 그 순간, 과거의 미련도, 미래의 불안도 끼어들 수 없던 그 찰나의 순간, 아름답다.

14

상록수림을 지나 상가 입구를 다시 찬찬히 둘러보니 현재 휴대폰 대리점이 있는 이 자리가 대왕암이라는 방석집이 있던 자리 같다. 상가 입구를 서성거리고 있으니, 바닷가 길 한 켠에 주차를 하고 농협에 들어갔던 엄마가 종종걸음으로 나왔다. 나는 대왕암에 대한 기억을 엄마에게 말해볼까 하다가 관두기로 했다.

지금은 사천으로 통합된 삼천포 연륙교를 지나 미조리로 오면서 엄마는 조수석에 앉은 나에게 "엄마가 운전을 할 줄 아니까 이렇게 기사로도 써먹을 수 있고, 좋지?" 했다. 엄마는 몇 시간째 운전을 하고 있는데도 어딘가 신이 나 보였다. 그러고 보니 엄마는 우리가 미조리에 살 때 운전면허를 땄다. 평상시 화장을 거의 하지 않고 혼자서는 외출도 거의 하지 않던 엄마가 아침부터 머리를 말고 화장도 약간 하고 읍으로 가던 때가 떠올랐다.

엄마가 본격적으로 운전을 시작한 건 우리 가족이 울산에 온 후였다. 미조리에서 배 사업을 정리하고 울산에 온 아빠는 건축사무실에서 일했다. 회사 차였던 은색 르망은 주로 아빠가 몰았고, 엄마는 그 차로 도로주행 연습을 했다. 그러다가 몇 년 뒤 내가 중학교 2학년 때 IMF가 터졌고, 아빠는 실직자가 되었다. 내가 학원비를 빼돌리고 몰래 화장을 하고 다니며 성적표를 위조하는 법을 터득하기 시작했을 때였다. 그때 엄마는 공업탑로터리에 쎄시봉이라는 주점에서 일하기 시작했다. 저녁 다섯시부터 새벽 두시까지 안주를 만들고 설거지를 하는 일이었다. 버스가 다니지 않는 퇴근시간이라 택시비가 2천 원씩 따로 나왔는데도 엄마는 택시를 타기엔 어중간한 거리라며 그 어두운 새벽길을 혼자 걸어서 집으로 왔다. 그렇게 차곡차곡 택시비를 모아 몇 년 뒤 황금색 마티즈를 중고로 구입했다. 우리는 그

차를 황금마차라 불렀다. 비록 그 황금마차는 한 달에 두 번 쉬는 날을 빼곤 집과 주점만 부지런히 다녔지만.

엄마의 운전 경력도 벌써 십 년이 훌쩍 넘었다. 미조리로 오는 해안도로의 급커브에도 엄마의 운전은 안정적이었다. 심지어 내가 휴대폰으로 창밖을 찍으려고 하면 거기에 맞춰 속도를 천천히 늦추기도 했다.

엄마는 사항마을을 걸으면서 "와, 여기도 정말 많이 변했구나. 여기는 너희 유아원이 있던 자리 아니니? 지금은 파출소가 되었네. 가만 보자, 여기는 중학교가 있었던 것 같은데, 면사무소가 들어왔네" 하며 연신 고개를 두리번거렸다. 우리가 처음 살았던 '약국 앞 2층 양옥'은 그 자리에 그대로였지만, 약국은 이미 없어져버린 지 오래라 이 집을 계속 '약국 앞 2층 양옥'이라고 불러야 할지 아리송했다. 엄마는 길에서 우연히 그 시절 사람을 만나 골목 안 수선집으로 끌려갔다. 나는 수선집 유리문 밖에서 수신호로 삼십 분 뒤 어판장에서 만나자는 약속을 하고 혼자 귀신고래 집 쪽으로 걸었다. 집주인은 이번에도 대문을 열어놓고 외출을 한 것 같았다. 마당 안쪽에 묶인 백구는 내 얼굴을 뚫어지게 쳐다보다 몇 년 전에 왔던 사람이란 걸 알아챈 건지 그 자리에 주저앉아 능청스럽게 한쪽 발을 핥았다.

백구의 무심한 환영 인사에 감사하며 대문 옆 돌담에 기대어 동백나무를 한참 보고 있으니 문득, 그 아래 쪼그리고 앉은 어릴 적 내가 보였다. 동백나무 아래 쪼그리고 앉아 목이 꺾인 장어들의 몸부림을 신기하게 바라보고 있는 나. 향기 없는 꽃무덤에 앉아 있다가 일어설 때마다 늘 달콤한 어지러움을 느끼곤 했다. 조금 옆으로 고개를 돌리자 사라져버린 우물을 찾느라 ㄷ의 손을 잡고 고개를 두리번거리는 몇 년 전의 내가 보였다. 그리고 돌담에 기대 그들을 바라보고 있는 현재의 나. 우리는 마치 오선지 위에 그려진 화음처럼 나란히 서 있다. 이런 기이한 느낌을 어떻게 표현해야 할지 몰라 괜히 휴대폰을 꺼내 동백나무 주변을 연신 찍어댔다.

대문 아래로 나 있는 좁은 골목길을 따라 걸으니 페인트 색이 바뀐 친구의 집이 보였다. 나와 동갑이었지만 나보다 두 학년은 위로 보일 정도로 덩치가 훨씬 컸던, 달리기와 체육시간을 좋아했던 여자아이. 그 아이는 항상 이 골목

벽으로 나 있는 변소의 문을 활짝 열어놓고 볼일을 보곤 했다. 문을 닫으면 너무 무섭다며 그렇게 문을 열어놓고 지나가는 아이를 불러 세워 말동무를 삼았다. 나도 몇 번 변소 앞에 쭈그리고 앉아 아이의 말동무가 되어주었다. 배에 힘을 줄 때마다 빨갛게 되면서 눈물이 고이던 그 아이의 눈이 생각난다. 몇 년 뒤, 아빠의 폭력을 참지 못한 아이의 엄마가 어디론가 도망을 가버렸다는 소문이 돌았다. 그뒤로 아이는 체육시간에도 좀처럼 몸을 움직이지 않고 변소 문을 활짝 열고 볼일을 보는 일도 없었다.

막다른 골목마다 그 시절의 아이들이 튀어나왔다. 이를 잡겠다고 아이의 머리에 살충제를 뿌리는 멸치집 할매와 인상을 쓰는 아이, 그리고 코를 막고 주변으로 몰려든 아이들. 판장에 떨어진 꽁초와 라이터를 주워다가 골목에 쪼그리고 앉아 뱃사람 흉내를 내던 아이들, 세번째 결혼을 준비하는 엄마를 위해 엄마를 이모라고 불러야만 했던 아이. 그저 투명인간을 꿈꾸던 유년 시절의 나.

어판장의 냄새는 평생 이곳에 산다고 해도 절대 익숙해지지 않을 것 같다. 생선 비늘과 바닷물로 반짝이는 어판장 바닥을 보니 보이지 않는 냄새가 오히려 가장 착실하게 세월을 기록하고 있는 것 같다. 오후의 태양을 받은 바다의 한 부분이 금괴처럼 번쩍인다. 바다는 그때나 지금이나 그저 쉼 없이 파도를 만드는 일에만 열중하고 있다. 어쩌면 이 바다에게 나는 애초부터 판장의 멸치나 같은 자리를 맴도는 갈매기와 전혀 다르지 않았을지도 모르겠다. 나에게 이 바다는 내 유년 시절의 모든 것이었지만, 바다에게 나는 그저 작은 먼지였던 것이다. 그러자 어쩐지 분한 생각이 들어 발아래 굴러다니는 빈병 하나를 주워 바다로 집어던졌다. 영문도 모르고 돌을 맞은 바다가 바락하고 흰 거품을 뱉는다. 나는 이때다 싶어 주변에 보이는 것들을 죄다 바다에 집어던지기 시작했다. 바다는 내가 무언가를 집어던질 때마다 조금 튀어올랐지만, 이내 흥미를 잃은 듯 무심하게 흔들렸다. 싸울 생각이 없는 상대와 싸울 때는 어떻게 해도 이길 수가 없다.

잠시 뒤, 남해 수협 마크가 찍힌 마른멸치 세트를 아기처럼 안고 엄마가 왔다. 멸치와 마늘은 남해산이 최고라고 말하는 엄마의 뒷모습을 동영상으로 찍기 시작했다. 얼마 전

아버지를 병으로 잃은 친구가 부모님 살아 계실 때 음성이 담긴 영상을 많이 찍어두라고 했던 말이 갑자기 생각났기 때문이었다.

"다시 이곳에 와보니 기분이 어떻습니까?"

내가 다짜고짜 사건 현장에 나온 기자 같은 말투로 묻자 엄마가 돌아보며 웃었다.

"네? 그냥 뭐, 이것저것 힘들었던 일들이 기억나죠."

"정확히 어떤 기억들이죠?"

"아니, 뭐. 그래. 힘들었다기보단 어려웠던 거지. 낯선 동네. 처음 해보는 배 사업. 점점 어른이 되어가는 딸들. 모든 것들이 나한테는 처음이었으니까. 그런데 지나고 보니 인생이란 건 참 공평하다는 생각이 들더라고. 인생은, 누구에게나 공평하게 어렵거든."

'힘들었다'를 '어려웠다'로 바꿔 말하는 엄마의 표정은 놀라울 정도로 평온해 보여서 나는 휴대폰 액정에서 눈을 떼고 엄마의 얼굴을 바로 보았다. 엄마는 마치 이곳에 전혀 와본 적 없는 것처럼 굴었다. 그저 마른멸치 세트를 두 팔로 안고 태연하게 웃으며 지난 이야기를 했다. 엄마의 이런 모습에 목이 묶여 있던 선박들이 파도를 따라 술렁였다. 바다도 조금 놀란 것 같았다.

울산으로 돌아가는 길, 차에 있던 찬불가 CD를 발견하곤 대뜸 엄마에게 물었다.

"엄마, 엄마는 다시 태어나면 무엇이 되고 싶어?"

"글쎄, 다시 태어나고 싶지 않은데?"

작년부터 불교대학에 다니는 엄마가 장난처럼 답했다.

"그래도 또다시 태어나야 한다면?"

"그때는 아마 스님이 되겠지."

무심한 표정으로 운전에 몰두하고 있는 엄마의 옆모습을 보며 스님처럼 머리를 민 엄마를 상상해보았다.

"그럼 나는 다시 인간으로 태어나서 엄마가 있는 절에 다녀야지."

내 말에 엄마가 빙긋이 웃었다.

다음날 아침, 식탁 위엔 간장과 물엿으로 볶은 남해산 멸치가 소담하게 올라와 있었다.

바다의 얼굴
사랑의 얼굴

초판 1쇄 인쇄 2016년 8월 18일
초판 1쇄 발행 2016년 8월 25일

지은이 김얀

편집장 김지향 **편집** 김지향 이희숙 박선주 **모니터링** 이희연
디자인 엄자영 **제작** 강신은 김동욱 임현식
마케팅 방미연 이재익 **홍보** 김희숙 김상만 이천희

표지 그림 Jonathan Knowles(게티 이미지)
본문 사진 강창근

펴낸이 이병률
펴낸곳 달 출판사
출판등록 2009년 5월 26일 제406-2009-000034호

주소 10881 경기도 파주시 회동길 210
전자우편 dal@munhak.com
페이스북 /dalpublishers
트위터 @dalpublishers
인스타그램 dalpublishers
전화번호 031-955-2666(편집) 031-955-8889(마케팅)
팩스 031-955-8855

ISBN 979-11-5816-033-3 03810

• 이 도서의 국립중앙도서관 출판예정도서목록(CIP)은 서지정보유통지원시스템
  홈페이지(http://seoji.nl.go.kr)와 국가자료공동목록시스템(http://www.nl.go.kr/
  kolisnet)에서 이용하실 수 있습니다. (CIP제어번호: CIP2016018788)